目次

暁のひかり

暁のひかり

一

その娘を見かけたのは、七月の初めだった。

江戸の町の屋根や壁が、夜の暗さから解き放されて、それぞれが自分の形と色を取り戻す頃、市蔵は多田薬師裏にある窖《あなぐら》のような賭場《とば》を出て、ゆっくり路を歩き出す。

町はまだ眠っていて、何の物音も聞こえず、人影も見えなかった。市蔵は多田薬師の長い塀脇を、川端の方に歩いて行く。路はまだ地表に白い靄《もや》のようなあいまいな光を残しているが、夕方と違って、歩いて行く間に足もとのあいまいなものが次第に姿を消し、かわりに鋭い光が町を満たして行く。

大川の河岸《かし》に出ると、その感じは一層はっきりする。川向うの諏訪《すわ》町、駒形町、材木町あたりの家々の壁は、日がのぼりかけている空の色を映して、うっすらと朱に染まっている。川の水は、こちら岸に近いところは、まだ夜の気配を残してか、黒くうねっているが、向う岸に近いあたりは青く澄んでみえる。そして日の光が、背後から市蔵を刺し貫くのは、大川橋を渡り切る頃である。

河岸にある竹町の自身番は、まだ表に懸《か》け行燈《あんどん》をともしたままだった。市蔵はその前を通る頃、腰が曲りかけた町雇いの老人が、行燈の灯《ひ》を消したり、番所の前を掃いたりしていることもあるが、その日は、中で話し声がするだけだった。

空気は澄んで、冷たかった。市蔵はゆっくり河岸を歩いて行く。澄んだ空気を深ぶかと肺の奥まで吸いこむと、泥が詰まったように重い頭や、鋭くささくれ立った気分が少しずつ薄められて行く気がする。

市蔵が、いまのようなやくざな商売でなく、もっとまともな仕事をして暮らすことだって、やろうと思えば出来るのだ、とふっと思うのはこういう朝だった。むろんその考えは、市蔵の胸をほんのしばらくの間、清《すが》すがしい気分にするだけのことに過ぎない。じっさいには、市蔵は賭場の壺振《つぼふ》りで飯を喰っている男であり、賭場の匂《にお》いが身体にしみついてしまった人間だった。そして市蔵は、ふだん壺振りが性《しょう》に合っていると思い、その仕事に格別の不満を持っていなかった。いまごろ堅気の暮らしに戻れる筈《はず》がないことも、承知している。

だが僅《わず》かな間にしろ、市蔵が、賭場の壺振りらしくないことを考えるのも事実だった。毎朝そうだというわけではなかった。雨が降っている朝などは、疲労と眠気のために、ただ布団に潜りこんで眠ることだけを考えて、わずかな小石に躓《つまず》いたりして帰るのである。

だが、その朝はすばらしい朝だった。暁の光の中から、町が眼ざめて活きいきと立ち上がろうとしているのを感じた。

——気分のいい朝だ。

これから眠りに帰るのを、気持ちの隅でうしろめたく思いながら、市蔵はそう思った。

その時娘を見つけたのである。初め市蔵は、その娘が落とし物でも探しているのかと思った。娘は竹の棒を持っていた。その竹を探るように前に突き出し、ひと呼吸置いてから、ゆっくり右脚を踏み出し、左脚を踏み出した。そしてまた地面を探るように、竹を前に突き出す。

「あ、危ねえ」

市蔵は叫んで走り寄った。娘の姿勢が不意に崩れて、腰がくだけたように転んだのをみたのである。その時には、娘の足が悪いのがわかっていた。

「怪我しねえかい？」

市蔵はかがんで手を伸ばした。だがその手はすげなく払われた。

「だめ。あたしに構わないで」

と娘は言った。

「いま、ひとりで歩く稽古《けいこ》をしてるんだから」

だが、その拒絶は、市蔵の胸に快くひびいた。明るく澄んだ声音だった。

市蔵がうなずいて手を引っこめると、娘は、投げ出された足をそろそろと引き、一たん横坐《よこずわ》りのような形になってから、竹の棒に縋《すが》って少しずつ腰を上げた。片膝《かたひざ》を突き、片方の足を立てたとき、裾《すそ》が割れて、青白い内股《うちまた》がのぞいた。だがそれを気にするゆとりは、娘にはないようだった。細面《ほそおもて》の顔が真赤に力み、竹を握っている拳《こぶし》が血の気を失って白くなるほど力を出し、身体も竹もぶるぶる顫《ふる》えた。

「ほら、もうちょっとだ」

市蔵は思わず言った。倒れそうになったら、いつでも抱きとめられるように、両手をさし伸べている。

ついに娘は、一人で立ち上がった。竹に縋って立つと、娘は額《ひたい》の汗を拭《ふ》いて、市蔵をみて笑った。

「よかったな」

市蔵も笑った。娘は十三、四に見えた。子供ではなかった。だが大人でもなかった。これから大人になろうとする皮膚のいろをしている。青白い頬《ほお》をしていたが、黒眸《くろめ》が活きいきと光っている。さっき転んだときみえた脚の細さに市蔵は驚いたが、娘はいったいに痩《や》せていて、肩のあたりも尖《とが》ってみえた。それでいて、病人らしい感じは少しもなく、清すがしい感じだけが寄せてくる。

「足が悪いのか」

と市蔵が言った。市蔵は遠慮したように小声できいたのだが、娘は朗らかな口調で答えた。

「あたい歩けなくてずーっと寝ていたのよ。歩けるようになったのは今年になってから」

「それで歩く稽古をしていたのか」

「そうよ」

「すると家は近くなんだな」

「その角を曲って……」

娘は竹町の角を指さした。

「その先の左側にある蕎麦屋《そばや》よ。飛騨《ひだ》屋っていう店。知ってる？」

「知らなかったな」

「おじさんは夜なべしたの？」

「うむ。まあ、そんなものだ」

市蔵は何となくうろたえたように言った。不意打ちを喰ったような気分だった。おじさんと呼ばれたせいもある。市蔵はまだ二十四だった。

「くたびれた顔してる。職人さんなの？」

「そうだ。鏡師さ」

市蔵は六年前までやっていた仕事を口にした。だが娘の澄んだ眼に見つめられると、その嘘《うそ》が見抜かれそうな不安を感じた。

「歩くところを、みてもいいかい」

市蔵は言った。

「いいわ」

娘は言って、今度は竹町の角の方にむかって歩き出した。その横顔に漲《みなぎ》るように真剣な表情が現われた。

危なっかしく、途惑《とまど》うような足どりで、娘は少しずつ遠ざかって行った。市蔵は手に汗を握るような感じで見守った。だが娘は今度は転びもしないで町角までたどりついた。そして竹を使ってゆっくり市蔵の方に身体を向けると、片手を挙げて振った。

不意に娘の身体がぐらりと傾いて、市蔵ははっとしたが、倒れはしなかった。陰《いん》翳《えい》のない笑顔が市蔵に向けられている。

「またな」

市蔵も手を振って笑った。

背を向けて大川橋を渡り、浅草側の橋袂《はしだもと》まで来たとき、硬い日の光が背後からさしかけてきて、市蔵の長い影が地面に伸びた。

もう一度青物河岸を振り向いたが、娘の姿はもう見えなかった。そのかわりに、空の色を映した川波が、まぶしいほど青く眼に沁《し》みてきた。

燈明寺の黒板塀が鼻先につかえているような、山伏町の裏店《うらだな》に戻ると、市蔵は台所に上がって水を飲み、それから茶の間に入って、障子窓を開けた。部屋の中に籠《こも》っていた熱気が、すばやく外に逃げて行く。

市蔵は襖《ふすま》を開けて、隣の寝間に入った。そこにも夏の夜の熱気が籠《こも》っていて、その中に鼻をつく女の体臭が混っている。暗い中で着物を脱ぐと、市蔵は手探りで女のそばに横になった。

「あんたア？」

「うむ」

向き直って、どたりと投げかけてきた女の腕を、うるさそうに首からはずして、市蔵は眼をつむった。すぐに欠伸《あくび》がこみあげてきて、市蔵は眠気が一気に身体を包むのを感じた。女が、今度は足をからめてきたが、市蔵はそのままにした。

眠りに落ちる一瞬前に、ふっとさっき会った娘の笑顔を思い出したようだった。

二

おことという名のその娘に、市蔵はそれから時どき出会うようになった。

もちろん天気のいい朝だけで、雨の日や風の日は、おことは河岸には出て来なかった。また天気がよくとも、その朝必ずおことがいるとは限らない。今日はいるかな、と思って多田薬師の角を河岸に曲って、遠くにおことの姿が見えないと、市蔵はいくらか気落ちを感じた。

そういう時は、次の日に会ったときに、

「昨日《きのう》は来ていなかったじゃないか」

と市蔵は言ったりした。するとおことは、

「ごめんね」と言ったり、「来たんだけどな。いつもより遅かったから」と言い訳したりした。

会うたびに、二人は短い話を交わすようになっていた。話は、おことの家族のことだったり、市蔵の仕事のことだったりする。市蔵はおことのために小さい手鏡を作ってやる約束をさせられた。そうした話のあとで、市蔵はおことがゆっくりゆっくり帰るのを見送りながら、「ほら、しっかり」とか、「危ないぞ」とか声をかけ、おことは「ほら、みて。昨日よりうまく歩けたでしょ」などと叫ぶ。

市蔵は笑いながら手を挙げ、背を向けて橋の方に歩く。

「ばかだねえ。あんたも」

そういう話を市蔵が聞かせると、一緒に暮らしているおつなは言う。

「二十前の若い者じゃあるまいし、そんな小娘に調子のいいこと言ってさ。そのうち拐《かどわか》しに間違えられて、ひどいめにあっても知らないよ」

「気持ちのいい子だ」

市蔵はおつなの言葉には構わずに言った。

「さっぱりした気性でな。長いこと歩けなくて寝ていたというのに、ちっともいじけちゃいない。ちっとでも昨日よりうまく歩こうと思って一所懸命やっている。誰の手も借りずに、自分でだ。転んでもひとりで起き上がる。偉いもんだ」

「よっぽど可愛い顔をしてんだね。その子」

「おめえの言うことは、いちいち癇《かん》にさわるな」

市蔵は胸に置かれているおつなの腕を、じゃけんに摑《つか》んで振りはらった。

「いたーい」

おつなは甘えた声で言い、市蔵に摑まれた二の腕を口に引き寄せて舌で嘗《な》めた。

「みて。こんなに赤くなっちゃった」

二人は布団の上に素裸に近い恰好《かっこう》で横たわっている。一度眼覚めて、昼飯とも朝飯ともつかない食事をし、そのあとすることもなくまた横になってひと眠りしたのである。時刻は七ツ半（午後五時）近くなっている筈だった。茶の間の襖を開けひろげ、寝間の窓障子も細めに開けてあるが、風はどこからも入って来なかった。

暑い空気が淀《よど》んだままで、仰向けに寝ている市蔵は、身体の下に人形《ひとがた》なりにじっとりと汗がにじみ出ているのを感じる。だが動いたらよけいに汗が出そうで、市蔵はじっとしている。

「顔のことなんか言ってねえや」

市蔵は障子を通す赤い光に、天井の蜘蛛《くも》の糸がぼんやり浮き上がっているのを眺めながら言った。

「あの子が一所懸命なのが気持ちいいっていったんだ。俺《おれ》にもあんな気持ちの頃があったからな。親方に叱《しか》られながら、鏡を磨《みが》いていた頃だ。腕のいい職人になることだけを考えていた」

「でも、もう駄目ね。あんたは博奕《ばくち》打ちだもの。それとも、もっと腕のいい博奕打ちになるようにがんばる？」

「うるせえ」

市蔵は腕を横に振った。鈍《にぶ》い音がして、市蔵の手の甲は柔らかいものを搏《う》った。

「いたーい」

おつなはまた甘えた悲鳴を挙げた。

「痛いなあ。お乳は女の急所なんだから」

「つまらねえことを言うからだ」

「だって嫉《や》けるもの」

「嫉けるだと？　くだらねえ。あの子は、まだ子供だ」

「でも、あんたがその子の話をするとき、とっても真面目な顔する。それがいやなの」

「……」

「その子と一緒に、どっか遠いところに行っちゃうつもりじゃないかと思ったりしてさ」

どっか遠くか。それも悪くないな、と市蔵は思った。いまなら、やろうと思えばまだそれが出来る。そうでなければ、このままずーっと行って野垂れ死にだ。壺振りは面白いが、いずれは野垂れ死にの道だ。

「ねえ、何考えているの？」

おつなが、肩に頬を寄せて、脚をからめてきた。

「暑い」

「いや」

おつなは市蔵の上にかぶさってきた。おつなの肌も汗ばんでいたが、そのためにかえって冷たかった。習慣的に市蔵はおつなの背に手を回した。背も冷たかった。おつなは腰をくねらせた。

「しないの？」

「……」

「して」

知りつくして、少し飽《あ》きた身体だった。手順も決まっている。だが市蔵の若さが、初めの怠惰な動きを、獣《けもの》の荒々しい身ぶりに変え、その動きの下でおつなが呻《うめ》いた。

おつなが出かける身支度をしているのを、市蔵は寝ころんだまま見ていた。おつなは器用に髷《まげ》の崩れを直し、薄く化粧して、口紅だけ少し濃い目に塗った。藍染《あいぞ》めの浴衣《ゆかた》を着て、帯を締めると、茶屋勤めの女の姿になった。胸は嵩《かさ》があるのに、腰がくびれ、臀《しり》もそんなに大きくはない。

おつなは浅草寺《せんそうじ》雷門前の茶屋町で働いていた。三年前にそこで市蔵と知り合い、一緒に暮らすようになって、いま二十一である。滝本というその料理茶屋には、十四の時から勤めていて、市蔵と知り合ったときには古株だった。

市蔵と暮らすようになってからも、おつなが女中勤めをやめなかったのは、滝本が長年働いてきて気心が知れた場所であり、店にも大事にされているということがあったが、それだけでもなかった。

「男ってものは、いつ気が変るかわからないからね」

時どきおつなはそう言った。つまり市蔵を信用してはいないのだった。そう言いながらおつなは家の中ひと通りのことはやった。飯を上手に炊き、洗い物も繕《つくろ》いものも小まめにして、市蔵を薄汚いなりにして置くということはなかった。

たまにおつなは浮気をして来るようだった。家を空けたことはない。市蔵が家に帰ったとき、おつなは眠っている。だが市蔵にはそれが何となく解った。おつなの眠りの深さや、眼ざめてからの物言いなどから、不思議に解る。証拠といったようなものはない。強《し》いて言えば、おつなの好色さが、唯一の証拠のようだった。おつなは好色な女だった。

だが市蔵はそのことを、一度もおつなに言ったことはない。男と女のことを、どこかで投げているような気持ちが、市蔵の中にはある。賽《さい》の目と同じで、ひとつ転がればどう目が変るかわからないという気がする。いうまでもなく、そういう考え方は、堅気の暮らしから踏みはずして賭場の人間になり、沢山の女を知ってから棲《す》みついたものだった。

おつなのことも、そばにいるから一緒に暮らしているだけの人間のように思うことがある。惚《ほ》れているとは思わなかった。おつなは水商売の女にしては、素直なところがあり、身体つきも男心をそそる魅力をそなえている。だが身体を重ねると、一ぺんに本性をさらけ出すような乱れ方をする。それだけの生き物のように振舞うことがある。市蔵がおつなをふとうとましく思うのはそんなときだった。

あるいはおつなは、そういう市蔵の気持ちを見抜いているのかも知れなかった。そのために浮気をしてくるのかも知れなかった。ただこれと決まった男がいるようではなかった。

「どう？　帯大丈夫かしら」

おつなは市蔵にくるりと背を向けて言った。形のいい臀だった。その膨《ふく》らみの中には、ついさっき男の眼に露《あら》わにさらしたものと違う、はにかみに満ちた肉が包みこまれているように見えた。

「ちゃんとなっているよ」

「じゃ、行ってきますからね」

「しかし、あれはしくじったな」

「えっ！　なに？」

「あの娘に、鏡を作ってやると約束したことさ」

「あら、まだ言ってるの？　いやな人」

と言ったが、おつなは機嫌が悪い顔ではなかった。市蔵と身体を重ねたほてりが、まだ残っている表情で、少し浮き浮きした口調で言った。

「そんなこと、わけないわよ、どっかで買ってきて上げればいいじゃない？」

だが、おつなが出て行ってからも、市蔵は横になったまま、しばらくそのことを考え続けた。おつなが言うような方法しかないことは解っていた。解っていながら、それでは済まされないような気がした。

部屋の中が薄暗くなっていた。そろそろ賭場に出かける時刻だった。

三

その日は、いつもと違っていた。賭場になっている庭隅の土蔵に行くと、入口で番をしていた長次という男が、

「市さんが来たら用があるからって言ってましたぜ」

と顎《あご》をしゃくった。長次が顎でしゃくった方向に、荒れた庭をへだててしもた屋風の家がある。以前はその同じ場所に伽羅《きゃら》屋が店を開いていた。その店が潰《つぶ》れたあとを、親分の富三郎が買い取って、しもた屋風に作り変え、外からは庭がのぞけないように高い塀を建て回した。富三郎はその家に妾《めかけ》を置いて寝起きしている。本当の家は柳島にあって、そこには年上の本妻がいた。賭場にはめったに顔を出さず、

中盆《なかぼん》の栄太にまかせていた。

「そう。来たらすぐにって言ってたから、行ったほうがいいですぜ」

「俺だけかい」

「しかし、中はいいのかい」

土蔵の入口には、長次がしまい込むので、一足の履物《はきもの》もなかったが、奥からは微《かす》かなざわめきが聞こえてくる。かなり客が来ている様子だった。土蔵の中は広く、片側十五人、両方で三十人ぐらいの客は遊べる。ふだんは十五人から二十人ぐらいの人数だが、時には三十人以上も集まることがある。集まってくる顔ぶれはあらかた決まっていた。本所界隈《かいわい》の小金を持っている商人《あきんど》といった素人が多かったが、商売人も遊びにきた。向嶋《むこうじま》に賭場を持っている花庄とか、深川木場の福安とかいう親分が、子分を四、五人連れてくる。そういうときは親分の富三郎が挨拶《あいさつ》に出た。彼らは大概どこかに遊びに行った帰りに寄るのであるが、賭け金も大きく、賭け方も手練手管《てれんてくだ》を使って、座を面白くするので、賭場では悪い扱いはしない。

「あ、壺は半ちゃんが代りに振るっていってたから」

と長次は言った。半太は、まだ壺を振りはじめて三年目で、一人前とは言えないが、つなぎには間にあう。

商家の若旦那ふうの客が来たのをしおに、市蔵は入口を離れた。

家に行くと、出てきた顔見知りの女中に、すぐに奥の座敷に導かれた。奥の方から、富三郎の太い笑い声が聞こえてくる。

「客かい」

「ええ、柳島の政吉さん。それともう一人、知らない人が来てるの。少し気味が悪いような人」

女中はそう言った。

座敷には女中が言った三人のほかに、富三郎の妾のお秀がいた。

「おめえが遅いから、一杯始めていたところだ。どうだ、一杯やるか」

「いえ、酒は頂きませんので」

と市蔵は言った。

「おう、そうだったたな。おめえも博奕打ちのくせして酒が飲めねえってのは奇態《きたい》な男だ。もっとも壺《つぼ》振りがへべれけになっちゃ、盆がもたねえわな」

富三郎は胸を反りかえらせて、太い笑い声をひびかせた。富三郎は赤ら顔で、息苦しいほど肥っている。

「市、久しぶりだな」

と政吉が言った。市蔵は眼で挨拶した。

政吉は柳島の百姓地に置いてある小さな賭場をまかされている代貸しである。中背で、黒い顔をし、引きしまった身体つきの男だった。眼つきが少し鋭いだけで、平凡な顔だが、めったに笑うことのない男だった。

「市を呼んだのは、ちょっと引き合わせたい人があってな」

と富三郎が言った。

「この人が誰か、あててみねえか。うまくあてたらお秀を一晩貸してやってもいいぜ」

いやだよ、なに言うのさ、とお秀に腕をこづかれながら、富三郎は自分の冗談が気に入ったらしく、またのけぞって笑った。

市蔵はその男をじっと見た。男はにこにこ笑っている。細面で、どこか白い狐《きつね》を連想させる顔だった。眼が吊《つ》り上がり、口も尖《とが》り気味で小さい。膝の上に置いた男の右手が、小指を一本欠いている。

にこにこ笑いながら、その細い眼の瞳孔《どうこう》が、瞬《まばた》きもしないで自分に据《す》えられているのを市蔵は感じた。女中が言ったように、薄気味の悪い男だった。

「失礼さんですが、存じあげません」

と市蔵は言った。

「そうか、知らねえか。そいつは残念だったな。せっかくお秀が……」

富三郎は盃《さかずき》を左手に持ちかえて、大きな右手で自分の前を押さえた。

「このへんをわくわくさせてたというのによ」

「わくわくなんかしてませんよ。ばからしい」

お秀はまた富三郎をこづき、ちらと市蔵に流し目をくれた。

「顔は知らなくとも、名前を言えば知ってるだろう。小梅《こんめ》の伊八という男だ」

お、と市蔵は息を呑《の》んだ。

伊八という男をみるのは初めてだったが、その名は何度も聞いている。伊八は凄《すご》腕《うで》の壺振りだったというが、市蔵にその名前を聞かせた男たちは、伊八がいかさま賽《さい》を使って絶妙な手さばきをみせた男だということを、なぜか誇らしげな表情で語ったのである。市蔵に壺の振り方を仕込んだのは、弥平という年寄だったが、やはり伊八のことを話した。

「伊八という男がいてな。一分の隙《すき》もない壺を振ったたな。そいつが盆につくと聞いただけで人が集まったもんだ。壺と賽子《さいころ》が指に吸いついたような見事な指さばきでな。だがそのうち、奴はいかさまを使っているという噂《うわさ》が立った。だが、それが噂か本当か、誰にも解らなかった。誰にも伊八の指は見えなかったからな」

だがあるとき、伊八は七分賽を使っていて見破られた。その賭場の親分は、伊八をかばわなかっただけでなく、罪を伊八一人にかぶせて指を落とすのを手伝った。以来伊八を雇う賭場はなくなった。いかさま師として忌《い》み嫌われているうちに、伊八の姿は江戸から消えた。

弥平は、市蔵に七分賽、毛返《けがえ》しなどといういかさまも、ひと通り手ほどきしてから、こう言った。

「こいつは壺を振るからには知っていなくちゃならねえだろうが、使うもんじゃねえぜ。それに使うからには伊八のような腕っこきでねえとな」

眼の前にいる、生白い狐のような顔をした中年男が伊八だった。伊八は市蔵の顔に浮かんだ驚きのいろを、にこにこ笑いながらみている。

「それじゃ、あっしはこれで」

不意に政吉が盃を伏せて言った。

「ごくろうだったな、政」

と富三郎は太い声で言った。やりとりの調子から、政吉が伊八を連れてきて、富三郎に引き合わせたという感じだった。

立ち上がった政吉に、富三郎はちょいと待ちな、と言った。

「多賀屋の旦那は、まだ来てるかい」

「へい」

政吉は、一度立ち上がった膝を、また畳について、何か、という眼をした。

「貸しはどのぐらいになってるね」

「百両とちょっとですが」

「ちょっとてえと、幾らだ」

「七、八両」

「多賀屋に貸すのは、もうよしな。見切りどきだ」

冷酷な口調だった。

「へ。承知しました」

政吉が部屋を出て行くと、富三郎はまた表情を崩して市蔵をみた。

「そうかしこまっていねえで、もっとこっちへ来な」

「へ」

「おめえの嬶《かか》は、まだ茶屋に出ているのか」

「へい」

「金を溜《た》めるつもりか知らねえが、それじゃいまに尻《しり》に敷かれるぜ。それとも、もう敷かれてるかい」

富三郎は、ぱんと自分の膝頭《ひざがしら》を叩《たた》いて、くつくつと笑った。

「いえ、そんなこともありませんが」

「なあに、いまにそうなる。嬶なんぞ稼がせておくとろくなことにならねえ。喰うもの、着るものにぜいたくを言う。家の中のことはやらねえし、間男をする」

「……」

「弥平のおっさんの嬶を知ってるか」

「へい。知ってます」

「およねと言ってな。弥平と一緒になってからも、長えこと三ツ目橋近くの小料理屋で働いた女だ。子供をたて続けに六人もこしらえたが、ありゃ半分はよその男の種だ」

富三郎は、後手《うしろで》に畳に手を突いて、そっくり返るようにして笑った。

「おっさんは気がつかねえ。もっともその子供が、いまじゃみんな一人前でな。おっさんを喰わしているから、不足は言えねえや」

富三郎はくつくつ笑ったが、不意に笑いやんで市蔵を覗《のぞ》きこむように上体を曲げた。

「どうだい、市。伊八にいかさまの使い方を仕込んでもらう気はねえか。そいつを使えるようになったら、おめえの手当ては倍にしてやるぜ。そうなりゃ、嬶なんざ働かせることはねえ」

四

市蔵は窖《あなぐら》のような賭場を出た。

空気は冷えて、町にはまだ暗さが残っている。白い霧が、多田薬師の塀脇の溝《みぞ》から、路に流れている。市蔵は身顫《みぶる》いした。

――今朝は、おことは出ていねえだろう。

そう思った。空を見上げると、そこにも雲のような霧が流れている。よくみると、その奥に薄い色の青空がちらついてみえたが、日が昇る気配はなかった。ぶ厚い雲か霧のようなものが、日が昇るあたりの空を包んでいる気配があって、肌寒かった。その寒さのなかに、秋の貌《かお》がのぞいている。

――風邪《かぜ》をひいたと言ったな。

市蔵は、五日前に会ったとき、おことがそう言っていたのを思い出した。そのせいか、おことは一層肩が尖り、眼が大きくなっていた。そんなおことから、市蔵は初めて会った頃にくらべて、どこか大人びた感じをうけていた。そして驚くことに、おことは大人びたことで、かえって清らかな感じを与えるようにみえたのである。

そのとき話したことを、市蔵は思い出している。

――そいつはいけねえや。寝たのかい。

――三日ほど。

――道理で姿が見えねえと思ったよ。それで、もう起き上がってもいいのかい？

——大丈夫よ。ほら、このとおり。
——もう一日ぐらい、辛抱して寝てりゃよかったのに。
——あたい、寝るのは飽きあきしてるの。
——そうだったな。あんたは何年も寝てたんだっけな。そうはみえねえが。
——ほんと？
——ほんとだとも。
——鏡、いつくれる？
——もうすぐだ。やっといい材料が手に入ってな。これから磨きにかかるところだ。

市蔵は大川の河岸に出た。川の上にも厚い霧が動いていて、向う岸が見えないほどだった。波もよく見えなかった。さっき賭場を出たとき考えたよりも、ひどい霧だった。河岸にある竹町の自身番は、表にまだ行燈をともしている。黄色い光と、竹町と書いた墨文字が霧に滲《にじ》み、建物は青黒く見えた。

自身番の前を、市蔵はゆっくり通り過ぎた。建物の中からは何の物音も聞こえて来なかった。秋めいて来たなと思うと、すぐに夜が長くなる。長い夜の勤めに飽きて、詰め番の家主も、年とった町雇いの番人も、あるいは明け方のひとときをまどろんでいるのかも知れなかった。

ふと市蔵は立ち止まった。霧の中に人声を聞いたように思ったのである。耳を澄ます姿勢になったとき、今度ははっきり女の悲鳴が聞こえた。悲鳴は続けざまに聞こえて、ただごとでない空気を伝えている。

——おことだ。

市蔵は走り出していた。霧の中に、立っているおことの姿が見えてきた。そのそばに、男がいる。初めは男の黒っぽい姿が踊っているようにみえた。

だがそばまで来ると、男がおことをからかっているのだとわかった。男は下卑《げび》た笑い声を立てながら、跳《は》ねまわるようにおことのまわりを回り、その合間にちょっ、ちょっと手を伸ばして、おことの胸や腰に触っている。男の手が触れると、おことは悲鳴をあげ、身体をよじった。竹の杖に縋った身体がそのたびに不安定によろめいた。

「おい」

市蔵は男に声をかけた。

「あ、おじさん」

おことが泣き出しそうな顔を向けて、市蔵を呼んだ。

「この人、こわいの」

「おい、やめろ」

声をかけられても、まだおことのまわりを跳ね回っている男の腕を、市蔵は荒っぽく摑んで引いた。

男が振り向いて、じろりと市蔵をみた。瞬間市蔵は、蜥蜴《とかげ》か蛇の胴を踏んでしまったような、いやな気分に襲われた。四十恰好《かっこう》の痩せた男である。凹《くぼ》んだ頰から顎にかけて、疎《まば》らな無精髭《ぶしょうひげ》がはえ、日焼《ひや》けした黒い顔をしているが、市蔵をいやな気分に誘ったのは、男の眼だった。両眼とも、白眼が血走っている。眼の下の深いたるみも、男のまともではない人体《にんてい》を示しているようだった。

「何だよ、おまえは」

男はふらりと市蔵に寄ってきた。男の身体から、甘酸っぱい酒の香が寄せてくる。この男も、市蔵と同様に、夜の闇《やみ》からこの白い霧の中にこぼれ落ちてきた人間のようだった。

「この子は俺の知り合いだ。手を出すな」

と市蔵は言った。

男は確かめるように、市蔵をじっと見つめたが、不意に乱暴な口調で言った。

「ごたくを言うな」

そう言ったとき、男は懐から匕首《あいくち》を出して引き抜いていた。狂暴な男だった。市蔵はその手に飛びついた。二人の男は霧を蹴ちらして揉《も》み合った。痩せているくせに、力の強い男だった。男が握っている匕首の先が、ときどき市蔵の顔をかすめ、そのたびに市蔵は後にのけぞって押された。

やっと匕首を捥《も》ぎ取ったときには、市蔵は川の縁まで押されていた。匕首を川に投げこんで、男と身体を入れかえると、不意に市蔵は狂暴な怒りが衝《つ》きあげてくるのを感じた。

「やろ！」

と市蔵は言った。

組み合って、身体を密着させてから、市蔵は体を開いて投げを打った。それが見事に決まって、男は肩口から地面に落ちた。這《は》って起き上がろうとする男の脇腹に、市蔵は鋭い足蹴りを入れた。わッと喚《わめ》いて、男の身体が一回転して転がった。

「やめて！」

おことが叫ぶ声を聞いたように思ったが、市蔵は逆上していた。男が立ち上がるのを待って襲いかかると、顔を張った。

「なにが、なにが」

男は怒号して、市蔵の手を払いのけながら突き進んできたが、夥《おびただ》しい鼻血を出して、顎から頸《くび》にかけて血にまみれ、凄惨《せいさん》な表情になった。男は市蔵に組みついてきたが、明らかにさっきの力を失っていた。荒い息を弾《はず》ませて、二人の男は互いに相手を捩《ねじ》り倒そうと力を出したが、またすばやく腰を入れた市蔵の投げが決まった。

ぐっという声を出して、男は俯《うつぶ》せに地面にのめった。容赦《ようしゃ》なく市蔵は男の身体を蹴り続けた。残酷な気持ちになっていた。蹴られながら、男はのろのろと地面を這って遁《のが》れようとしていた。

背後に啜《すす》り泣く声を聞いて、市蔵はわれに返った。霧が少し薄れ、おことがこちらを見ながら泣いているのが見えた。おことは、顔も隠さず、眼を見ひらいたまま泣いている。

「泣かなくともいい。もう済んだ」

市蔵が寄って行くと、おことが後じさりした。不自由な足で後じさりしたので、おことの身体はよろけた。

市蔵が駈け寄って手をさし伸べたのを、おことはふり払った。

「どうしたんだ？」

「いや」

おことは泣きやんで、青白い顔をしていた。

「こっちに来ないで」

おことは市蔵を見ながら、少しずつ後じさりした。

「おことちゃん」

「おじさんが、こわいの」

とおことは言った。

「冗談じゃないぜ。俺はあいつが……」

市蔵は後を振り返った。さっきの男が、背を折るようにして、のろのろと路を曲るところだった。そこは竹町の北端《はず》れと細川家下屋敷にはさまれた道である。

「おめえに悪さをしかけていたから、追っぱらっただけじゃないか」

おことは静かに首を振った。

離れて行くおことを、市蔵は茫然《ぼうぜん》と見送った。おことの眼に、はっきりと恐怖の色が浮かんでいるのが見える。

——この子は、俺の正体をみたのだ。

それならこわがるのは当然だと思った。おことが首を振ったように、男を追っぱらっただけではなかった。狂暴な悪い血に促《うなが》されて、男の腕を撓《たわ》め、脇腹を蹴り続けた。その血が、市蔵を堅気の職人から賭場の壺振りに引きずり落としたのである。おことが優しいおじさんを見失い、一人のやくざを見たのは当然だった。この子の澄んだ眼から、何ひとつとしてごまかせるものがある筈はないのだ。

おことは角まで後じさり、そこで向きを変えると、もう一度ちらと市蔵をみてから姿を消した。いつの間にか霧はほとんど消えて、河岸に日が射していた。

まぶしいほどの光の中に、市蔵は一人取り残されている。日の光は冷たかった。市蔵は不意に寂寥《せきりょう》が身体を包むのを感じた。市蔵は角まで走って行くと、おことの後姿に向かって叫んだ。

「おい。鏡を作ってきてやるからな」

長い影を地上に曳《ひ》いて、おことがゆっくり遠ざかるところだった。市蔵を振り向かなかった。

五

額に深い横皺《よこじわ》が刻《きざ》まれているのは、昔からのもので、髪に白いものが目立つようになっただけのようにみえる。親方の源吉は、艶《つや》のいい顔色をして、六年前市蔵がこの店を飛び出したときと、あまり変っていなかった。慎重な手つきで鏡面に水銀をかぶせている源吉のそばに、膝を揃《そろ》えて坐りながら、市蔵は懐かしそうにあたりを見回した。

仕事場の中も、そんなに変ったようには見えなかった。高い所にある明かり取りの窓が煤《すす》けているのも、男たちが肌脱ぎになって背を曲げ、せっせと鏡面を磨いている風景も、六年前と似ている。その変らなさに、市蔵はかえって驚いていた。部屋の隅にびいどろの板が置いてあるのだけが、僅かに目立つ変化である。

「八助はどうしました？」

市蔵は昔の仕事仲間の名前を持ち出した。仕事場にいるのは、顔の知らない、若い男ばかりだった。

「八は使いに行ってもらっている」

「庄太は？」

「庄太は去年自分の店を持った」

万次郎は？　と聞こうとして、市蔵は口を噤《つぐ》んだ。ここが、自分から捨てた仕事場であることを思い出したのである。懐かしがるのは一人よがりというものだった。

源吉が、膝脇に置いた雑巾《ぞうきん》で、丹念に指を拭《ぬぐ》ってから向き直った。

「さっきの話だがな、市。いま仕事をしながら考えた」

市蔵をみた源吉の顔には、当惑した表情が浮かんでいる。

「おめえ、本気でそう言っているのかね」

「親方が承知してくれればの話ですよ」

今日、市蔵は六年ぶりで源吉を訪ねた。源吉に会って、優しい言葉をかけられているうちに、市蔵はここに来るまで言うつもりもなかったことを口にしていた。遠回しな、遠慮した言い方でだが、出来たらここに戻りたいと言ったのである。

源吉に会う気になったのは、おこととああいう別れ方をしたためである。あの日から半月経ったが、おこととは一度も会っていなかった。おことは河岸に出るのをやめたようだった。あるいは河岸に出ても、市蔵と顔が合わない時刻を選んでいるのかもしれなかった。あのときのおことの怯《おび》えた顔を思い出すと、それは当然のことだという気がした。おことはいま、何も気づかずに、こわい人間とじゃれ合っていた、と身顫《みぶる》いしているかも知れなかった。鏡のことも、やくざ者が、いい加減な嘘をついたと思っているに違いなかった。

だが不思議なことに、市蔵にはおことをだましたという気持ちは少なかった。おことと会っているとき、市蔵は自分が、窖《あなぐら》のような賭場から出てくるやくざ者ではなく、一人の鏡師であるような気がしていたのである。仕事場の話をするのは楽しかったし、鏡を作ってやると言ったのも、本気でそうしてやりたいと思ったのだった。少なくとも、暁の光が微かに漂《ただよ》う河岸でおことと話しているとき、市蔵は、自分を堅気の人間のように思い続けていたのであった。

市蔵は、そのことをおことにわかってもらいたかった。ただのやくざ者とみられておしまいになるのは辛《つら》い気持ちがした。だがおことにわかってもらうためには、自分で作った鏡を持って行くしかないようだった。そうすれば、あの賢いおことが、自分が会っていたのは鏡師だったと信じてくれないはずはない。そしておことが信じてくれたら、あるいはそのまま堅気の暮らしに戻ることが出来るかも知れないという、夢のようなことも考えるのである。

そうした気持ちの底には、親分の富三郎に言われたいかさまに対するこだわりがある。市蔵はいま、小梅の伊八にいかさま賽の手ほどきを受けていた。伊八の指さばきは手妻師《てづまし》のようで、むかし弥平に習ったことは、いかさまの真似ごとですらなかったと思われるほどのものだった。

だが市蔵にはためらいがあった。伊八のようになったらおしまいだという気がするのである。伊八本人を忌《い》み嫌うのではなかった。伊八に教えられて、七分賽を指の間で操《あやつ》っているとき、いかさま使いの底知れない喜びのようなものが見えてくる気がし、それが恐ろしかったのである。それは賭場で壺を振る仕事とは全く違うものだった。

だが、そうはいっても、おことに自分が作った鏡をやるなどということが出来るわけはなかった。せめておつなが言うような、町で買い求めた品でなく、源吉に磨いてもらった鏡でもやりたい。そしてそのことを正直におことに言うのだ。

そう思いながら、今日源吉の店に来たのであった。店に戻りたい、という言葉が口をついて出たのは、源吉と話している間に、不意にそれがわけもないことに思われたからである。

「駄目ですか、親方」

「駄目とは言ってねえよ」

源吉は、ちらと上眼遣いに市蔵をみた。

「だが、戻るとなると、一からやり直しだからなあ」

「しかし前には三年お世話になってます」

「そいつは考え違いだよ、市。昔とやり方も違ってな。この頃はあんなものがはやるようになっている」

源吉はびいどろ板を指さした。

「それに、さっきからおめえの身体を眺めているのだが、はっきり言うと、もう職人の身体じゃねえ」

市蔵は仕事場の若い職人たちを見た。肩の肉が盛り上がり、肌脱ぎになっている腹は、一片の弛《ゆる》みもなく筋肉が張っている。

市蔵は眼をそらして言った。

「やっぱり駄目ですか」

「それにな、市」

源吉は、またちらと市蔵を窺《うかが》う眼になった。その眼に怯《おび》えがある。

「気を悪くしちゃ困るが、おめえは一度は堅気の暮らしを抜けた人間だ。うちはいま気心が知れた人間ばかりでな。うまくいっている。おめえを入れても、長く続くとは思われねえ」

市蔵は苦笑した。眼が覚めたような気持ちになっていた。

「わかりました。なに、別に気なんぞ悪くしちゃいません」

「そうかい、わかってくれたかい」

源吉もほっとしたように、正直に表情を緩《ゆる》めていた。

「俺も年取って臆病《おくびょう》になってな。おめえを戻したために、店が揉《も》めたりするのは厭《いや》なのだ。もっとも、どうしてもと言うんなら、ほかの店に口を利いてやってもいいぜ。いままでのことは一切伏せておいてな」

「いえ、結構です」

市蔵はきっぱりと言った。

金は張ってもいいから、びいどろで小さな手鏡を作ってくれと頼んで、市蔵は源吉の店を出た。しばらく歩いて振り返ると、見馴れた看板を下げた店先がみえた。

六年前とどこも変っていないようだった。店の向い側には肴屋《さかなや》、糸屋が並んで、肴屋の前には女たちが四、五人塊《かたま》って、魚を買うでもなくお喋《しゃべ》りをしている。源吉の店の並びは、一軒しもた屋の長い塀をはさんで、桶屋《おけや》があり、若い者が車から竹を運びおろしていた。深川森下町の、見馴れた町通りが続いている。

だが、この町はいま、市蔵を弾《はじ》き出したのだった。久しぶりに会った源吉が優しかったのは、突然訪れてきた、一人のやくざ者を恐れたただけのことだったのである。それを悟ることが出来ず、戻してくれなどと言ってしまったと思うと、市蔵は羞恥《しゅうち》で汗ばむようだった。

市蔵は背を向けた。どこかで大勢の人間がどっと笑う声がする。市蔵には、それが源吉の店で自分を笑っている声に聞こえた。

山伏町の家に戻ると、おつなが出かける支度をしていた。

「どうだったの？」

おつなは鏡を覗きこみ、唇で器用に紅をのばしながら言った。

「何がだ」

「親方、ごきげんでしたって訊《き》いたの」

「ああ、大したご機嫌だよ」

市蔵は畳の上にひっくり返った。

「変ね。鏡は頼んで来たんでしょ？　可愛い子ちゃんにあげる鏡」

「ああ」

「あんた、やっぱり惚れてんだよ、その子に。深川まで足を運んで頼んでくるなんてさ」

市蔵は答えなかった。そうかも知れない、とふっと思った。だがすぐにそんな箇単なことじゃないという気がした。

今にして思えば、おことは市蔵がもう戻ることが出来ない世界から声をかけてきた、たった一人の人間だったように思うのである。おつなや、小梅の伊八、富三郎がいて、油煙を煙らせる賭場があるところではなく、人々が朝夕の挨拶をかわしたり、天気を案じたり、身体のぐあいを訊《たず》ね合ったりし、仕事に汗を流し、その汗でささやかなしあわせを購《あがな》う場所。そこに戻ることが、どんなに難しいかは、さっき会ってきた親方の源吉を思い出せばわかる。

「帯、きちんとしてる？」

「ああ」

「ちゃんとみてよ」

「大丈夫だ」

市蔵はもの憂《う》く言った。

六

飛驒屋というのは、思ったより小さな蕎麦屋だった。うどん、そば切と書いた行燈が煤《すす》け、晩秋の日射しに照らされて貧しげにみえた。

市蔵は気おくれを感じながら、しばらくその前に佇《たたず》んだが、やがて思い切って中に入った。店に入って、樽《たる》の腰掛けに腰をおろしてからも、気おくれは続いていた。

――俺をみたら、おことは何というだろうか。

図々しいやくざだと思いはしないかと、市蔵は心配だった。懐に、さっき源吉から受け取ってきたびいどろの鏡がある。おことが受け取るかどうかわからない。だが鏡を出し、正直に話すのだ。

「いらっしゃい」

青白い顔をした、痩せた女が前に立った。顔の輪郭《りんかく》がおことに似ている。四十近いこの女が母親なのだろう。

「かけうどん」

注文して市蔵は店の中を見回した。細長い店の中には、ほかに客も見えず、市蔵一人だった。

女が板場に戻って行って奥に声をかけると、やがて肥って血色のいい男が板場に出てきて、釜《かま》の前に立った。それがおことの父親らしかった。男が奥から出てきたとき、市蔵はおことの声が聞こえはしないかと、一瞬耳をそばだてたが、何の物音もしなかった。

うどんが運ばれてきて、それを喰いおわるまで、市蔵は何度も奥の様子をうかがったが、誰も出てくる気配はなかった。金を払って、市蔵が立ち上がるときが来た。

思い切って、市蔵は言った。

「おことちゃん、いますか」

「おこと?」

女は眼を瞠《みは》ったが、黙って首を振った。

「はあ? お留守で?」

市蔵は気落ちしながら言った。

「どっか遊びにでも行ったんですかい。それじゃ……」

市蔵は懐に手を突っ込んだ。鏡を渡してもらえば、おことは市蔵を思い出すだろう。まさか毀《こわ》しもしまい。源吉が作った手鏡は、見事な出来栄《ば》えだったのだ。おことが留守で、かえってよかったのかも知れない、と市蔵は思った。

だが市蔵の手は、女が次に言った言葉で止まった。

「おことは死んだんですよ。あんた」

「……」

市蔵は息を詰めた。店の中が、ぐらりと傾いたような錯覚に襲われた。囁《ささや》くように市蔵は訊いた。

「いつ?」

「二月《ふたつき》ほど前」

するとと、会わなくなって間もなくだ。

「もともと身体が弱い子でしたからね。足が弱くて、何年も寝てたんですよ。それが少し歩けるようになって、よく、そこの……」

女は河岸の方角を指でさした。

「川っぷちまで行っていたんです。歩く稽古をして、早く丈夫になるんだ、なんて言いましてね。人が沢山いるところはこわいからって、朝早く川っぷちの方に行ってたんです」

「……」

「ほんとに足も少し丈夫になって、よかったと思っていたんですよ。それがある朝、大層汗をかいて戻ってきました。もう着物までしみ通るような汗でした。それから風邪をひきこんで、どんどん悪くなって……」

女は不意に声を跡切《とぎ》らせると、前垂れを引き上げて眼を拭いた。

「いい子だったのに……」

「知らなかった。ひどいこともあるもんだ」

市蔵は呻《うめ》くように言った。

「あんたは？　店のお客さんでしたかしら？　おことを知ってるんですか」

「河岸で、ときどき見かけただけの知りあいですが……」

そう言っても、女はあいまいな表情でうなずいただけだった。おことは、市蔵のことを親たちに話してはいないらしかった。釜の前から父親らしい男がちらちらとこちらを見ている。

「しばらく姿を見かけなかったもんで。家がここだと聞いてたもんだから、寄ってみたんですが」

「そうですか」

女はぼんやりした口調で言った。

店を出ると、河岸に向かって市蔵はゆっくり歩いた。この道を遠ざかって行ったおことの後姿が思い出された。市蔵が声をかけたのに振り向かなかった。あれが見納めだったのだ。だが、おことが死んだなどということを信じられるだろうか。尻上がりに、「おじさん」と叫ぶ澄んだ声が聞こえはしないかと、市蔵はあたりを見回した。

だが晩秋の白い日射しが、河岸を染めているだけだった。その中を青物を担《にな》った男や、若い娘の二人連れ、片肌脱ぎになって荷車を挽《ひ》いて行く男などが通り過ぎ、大川の水の上を小舟が滑って行く。

通り過ぎた若い娘が立てた笑い声が、市蔵の胸を刺した。あんなに屈託なく笑える日が、ついに訪れることがなく、おことは死んだというのだろうか。

──これだから、世の中は信用がならねえ。

不意に市蔵はそう思った。衝《つ》き上げてきたのは憤怒《ふんぬ》だった。これだから、世の中なんてものはこれっぽちも信用出来ねえのだ。

市蔵は懐から鏡を出すと、包みを解いてそこに転がっている石に叩きつけた。朱塗りの柄が折れ、びいどろは破片になって飛散した。飛散した破片は、それぞれが鋭く日を照り返し、市蔵は一瞬まばゆい光の中に立ったようだった。

「おい」

市蔵は、ぽかんと口を開けて自分を見ている男に、ずかずかと歩み寄った。

「何見てんだ、てめえ」

「いえ、何も」

頬被《ほおかぶ》りの上に饅頭笠《まんじゆうがさ》をかぶり、肩から商売道具を入れた籠《かご》を下げた雪駄《せった》直しは、市蔵の険悪な顔を見て、怯えたように後じさった。

「面白かったか」

「いえ」

「面白そうな面《つら》アしてたじゃねえか。そう言えば、てめえは気にいらねえ面をしてるな」

雪駄直しは、一歩ずつ下がった。その眼に恐怖のいろが浮かんでいる。

「やろう！　見世物じゃねえぞ」

市蔵は、いきなり雪駄直しの笠を弾《は》ね上げ、仰向けにのけぞった顔を張った。悲鳴をあげて男が倒れ、歩いていた人たちが立ち止まった。市蔵は、倒れたままがっかりと籠を抱えている男の、腰のあたりを蹴とばすと、立ち止まっている人間を陰気な眼で眺めながら、多田薬師の方に向かって歩き出した。

部屋に入ると、伊八はゆっくり起き上がり、胡坐《あぐら》をかいて市蔵をみた。伊八は富三郎の家のひと部屋に寝起きしている。

市蔵が部屋の隅から壺と賽子《さいころ》を持ってくると、伊八は尖った口もとをゆるめてにここ笑った。

「どうやら、やる気が出たようだな」

「べつに」

市蔵はそっけなく答え、伊八の前に膝をそろえて坐ると、四つの賽子を指の間に転がした。二つは本物の賽子で、二つはどう転がしても決まった目しか出ない七分賽である。四つの賽子は、市蔵の指の間に隠れて見えなくなったり、交互に壺の中で鳴ったりした。

「だんだんこいつの面白さが解ってくるのさ。賽子が言うことを聞くようになると、可愛いくて仕方なくなる。おめえも今にそうなる」

伊八は優しい声でそう言い、おや、今のはちょっと違ったぜ、と言って自分でやってみせた。伊八は女のように白く細い指をしている。その指に掴まれると、賽子《さいころ》が生きもののように自分から吸いついて行くように見えた。

「ほら、こんなふうだ」

伊八はもう一度座布団の上に四つの賽子を置くと左手でさっと撫《な》でた。あとに賽子二つだけが残っている。市蔵は転がしてみた。二つとも本物だった。伊八は、別にいそがしい手つきでもなく、二つの賽子をつまんで壺を振った。二度振って壺をあけると、伊八は振ってみな、と言った。座布団の上の賽子を転がすと、それは二つとも七分賽だった。どこで入れ替ったのかわからなかった。

市蔵は伊八から壺と賽子を受け取ると、黙々と振った。

「もう少しだぜ。だいぶよくなった」

伊八が励《はげ》ますように言った。

また暑い七月がやってきていた。だが町が目覚めるほんの少し前だけ、空気は冷えて、秋かと思われるほど冷たい光が町を覆う。

市蔵は賭場を出て庭を横切ると、潜《くぐ》り戸を押して路に出た。さっき賭場を出て行った客の姿も見えず、路は夜と朝の境目のあいまいな明るみの中に、ひっそり横たわっていた。うつむいて市蔵は歩き出した。眼も頰も疲労のために凹《くぼ》んでいるのが自分でわかった。眠気が頭を石のように重く硬くしている。

半刻《はんとき》前まで、市蔵は気疲れのするいかさまの壺を振ったのである。いかさまを使うようになったのは春頃からだった。まだ一度も気づかれたことはない。だがゆうべは、客の中に向嶋の花庄がいた。子分を五人連れてきていた。

花庄が姿を見せたのは、四ツ半（午後十一時）を過ぎてからだった。その少し前から、市蔵は中盆の栄太と打ち合わせていたとおりに、いかさまを使い始めていたが、花庄の鳥のように痩せた顔を見ると、栄太の顔を窺った。小梅の伊八は四月まででいて、またどこかに行ってしまったが、富三郎の家を出る日、市蔵を呼んで、渡世人に使うのはやめた方がいい、と言った。べつにおめえの腕を信用しないわけじゃない、と伊八はつけ加えたが、その言葉は市蔵の心に残った。

だが、栄太の眼は、いかさまを続けろ、と言っていた。中盆の指図は絶対である。市蔵は、そのまま続けた。何も知らずに、いかさまの網の中に坐ってしまった花庄は、結局三十両近い金を負けてしまったようだった。

市蔵は緊張していたが、ぼろを出さずに済んだ。花庄に気づかれたとは思わなかった。いかさま賽は、生きもののように市蔵の指の間で息を殺したり、なにげないそぶりで壺の中に滑り込んで行ったりした。いままでで一番いい出来だと、市蔵は思ったほどである。花庄は、半刻ほど前、「負けた、負けた」と快活に言って座を立って行った。

市蔵は河岸に出た。向う岸の町屋のあたりに、微かな朱《あか》い色がまつわりはじめていたが、河岸はまだ夜の色を残し、川波が黒くみえた。

竹町の自身番の前に、人影が動いている。町雇いの老人が、竹箒《たけぼうき》で地面を掃いているところだった。白い髷《まげ》が小さく頭に乗っている。老人は前を通り過ぎる市蔵を見ようともせず、一心に箒を使っていた。

一年前の今頃おことと立ち話をしたあたりに来たが、市蔵は無表情にそこを通り過ぎた。おことという娘を思い出すことは、ほとんどなくなっている。市蔵の気持ちは荒《すさ》んでいた。昼酒を飲むようになり、酔うとおつなを殴りつけた。僅かに喜びのようなものを感じるのは、いかさま賽を忍ばせて、盆に坐るときぐらいだった。

「おい、待ちな」

不意に後から声をかけられた。振りむくと、花庄が立っていた。子分たちが、すばやく市蔵の後に回って退路を断《た》った。手馴れた動きに見え、市蔵を待伏せしていたようだった。

「市蔵って言ったっけな」

花庄が近寄ってきて言った。細面の眼が吊り上がり、鼻が高く、鳥のような風貌《ふうぼう》だった。

「腕のいい壺振りだと思っていたんだが、おめえいつからいかさまを使うようになったんだい」

すっと身体に寒気が走ったように感じた。だがすぐに諦《あきら》めがきた。そうか、やはりこういうことになるわけだ、と思った。

市蔵は静かに言った。

「なにか、勘違いじゃゃござんせんか」

「いや、いかさまさ。あれは富の指し金か。それともおめえ一人の仕事かい」

市蔵は答えずに、いまきた河岸の道を眺めた。自身番の前で、さっきの年寄がこちらを向いてじっと立っているのが見えた。赤味を帯びた暁の光が、ゆっくり町を染め、自分を包みはじめているのを市蔵は感じた。

馬五郎焼身

一

井戸に来ると、馬五郎は喉《のど》を鳴らして欠伸《あくび》をした。無精髭《ぶしょうひげ》に埋まった口が桃色の粘膜を露《あら》わに見せたのが、まるで栗の毬《いが》が口を開いたようだった。

濯《すす》ぎものをしていたおきん婆さんが、しゃがんだまま白い眼で見上げたが、馬五郎は無視した。井戸の水を汲みあげ、そのまま桶に手を突っ込んで顔を洗った。合間に井戸端に二、三度痰《たん》を吐き出す。

「汚いね」

とおきん婆さんが言った。

馬五郎はほおずき長屋と呼ばれているこの裏店《うらだな》の嫌われ者である。馬五郎という本名を呼ぶ者は誰もなく、裏店では乱暴者の熊さんで通る。馬五郎が熊五郎になり、熊さんになったのだったが、呼ばれる方も呼ぶ方も、本当の名前を忘れてしまっているようだった。眉毛《まゆげ》が太く、眼は大きく、顔はいつも髭に覆《おお》われ、はだけた胸もとから、太い指までふさふさと毛深い。大男だった。

時どき裏店にやってきて、どぶ板の上に小間物の店をひろげる行商人がいる。ある日珍しく荷をのぞきこんでいる馬五郎を、裏店のかみさん連中が、あの女に買ってやんなよ、熊さん、とひやかしたのを受けて、小間物屋が心安だてに、

「熊さん、この櫛《くし》なら、お目あての女子衆など一ころですぜ」

と言い、言い終らぬうちに張り倒されたことがある。熊五郎という呼び方を、馬五郎は誰にでも許しているわけではないことを、裏店の連中は知った。だが、そうかといって裏店の者たちが馬五郎に対する警戒を緩《ゆる》めたりはしなかった。この大男の狂暴さを、裏店の者たちはゲップが出るほど見聞きしてきた。

誰かれの見境いなく口論し、ある時などは殴りつけ痛めつけた相手が生憎《あいにく》やくざ者で、次の日の夜、そのやくざ者の身内だという狼《おおかみ》のような連中に囲まれ、危く命を落とすところを漸《ようや》く逃げて、血だらけで這《は》って帰ってきたことがある。

馬五郎は六年前、女房を叩き出したあと、ひとり暮らしで、その時は見兼ねて隣に住むおきん婆さんと連れ合いの仁作爺《じい》さんが手当てした。だがそれを恩に着るような馬五郎ではなかった。気に入らないことがあれば、たちまち裏店中の人が表に飛び出してくるほどの大声を出して隣に怒鳴り込むし、ついでに表の障子を桟《さん》ごと

引裂いたりするのは朝飯前である。

裏店の人たちは、再三家主の弥左ェ門に馬五郎の乱暴を訴えたが、弥左ェ門はそのつど馬五郎を家に呼んで説教するが、裏店を出ろとは言わなかった。裏店の人たちがそれを詰《なじ》ると弥左ェ門は、

「しかし馬五郎はよく働いているぞ。何が楽しみで働いているかは解らんが、乱暴者でも、おとなしい怠け者よりはいい」

と言った。

裏店の住人たちは、馬五郎になるべくさわらないようにしていた。触《さわ》らぬ神に祟《たた》りなしである。刺戟しないに越したことはない。それをいいことに、馬五郎の傍若《ぼうじゃく》無人《ぶじん》なやり方は募《つの》って、近頃は自分の娘のような若い女を時どき引っ張り込んでは、臆面もない痴話《ちわ》の声を響かせたりするのである。

おきんがつい尖《とが》った声を出したのは、昨夜もその女が来ていて、一晩中あられもない声を出したおかげで寝不足だったからである。暑いから、裏店はみな表の戸を開けて寝ている。馬五郎と女の声は筒抜けだった。

「……？」

馬五郎は肌ぬぎになって、前に踞《かが》み、毛深い胸にぴしゃぴしゃと水をかけていたが、おきんの声で腰を伸ばした。

「婆さん、何か文句あるのか」

「汚いって言ったんだよ。飲み水だよ、この井戸は」

「それがどうしたい」

「桶で顔なんか洗わないでおくれ」

「何を朝っぱらから怒っていやがる」

馬五郎は髭面をおきんの方に突き出して、にやにや笑った。馬五郎は機嫌がよかった。ゆうべお角を引っ張ってきて、久しぶりに女の身体を堪能《たんのう》するまで慰み、気分爽快《そうかい》である。それにお角は、ゆうべ初めて、そのうち一緒になってもいいような口吻《こうふん》を洩らしたのである。おきん婆さんの白い眼ぐらいは、この際大目に見てもいい気がした。

「ゆうべは眠れなかったよ」

とおきんは言った。

そこまで言う気はなかったのだが、さっき帰って行った女が気に喰わなかった。夜の夜中に、きゃあきゃあ、ひいひいと声を挙げた女が取澄ました表情だったが、髪は寝乱れたままで、着物の着付けもだらしがなかった。それでいて、井戸端に洗い物を運んできたおきんと眼を合わせても、羞《は》じる色どころか、ふてぶてしい一瞥《べっ》をじろりと流して通り過ぎただけである。

——ありゃ、そうとうのタマだよ——

おきんは思い、その莫連女《ばくれんおんな》と、裏店の鼻つまみのために寝そびれたことに無性《むしょう》に腹が立ったのである。

「眠れねえのはお互いさまよ」

と馬五郎は言った。

「この暑さじゃ、いくら婆さんでも宵の口から眠ろうてのは無理だ」

「そうじゃないよ。お前さんとこがよっぴて騒々しくて眠れなかったんだよ」

ここで止めておけばよかった。が、おきんはもうひとこと言ってしまった。

「いやらしいよ、いい年してさ」

「ばばあ」

馬五郎の眼が光った。

「もう一ぺん吐《ぬ》かしてみろ、この腐ればばあ」

「あの淫売《いんばい》を連れ込むのはお前さんの勝手さ」

おきんも気の強い女である。金切り声を出した。

「いまに尻の毛まで抜かれるのが落ちだろうけど、あたしゃそこまで口出ししないよ。ただ他人迷惑にならないように、こっそりやっとくれ」

「この、くそばばあ」

馬五郎は喚《わめ》き、敏捷《びんしょう》につるべ縄をたぐって水を汲むと、井戸端を逃げ出したおきんの背中に水を浴びせた。水の重みにどやされたように、おきんはのめって土に這ったが、すぐ起き上がってよたよたと家に向かって逃げた。

「ばばあ、ちょっと待て」

馬五郎は桶を放り投げて後を追った。この騒ぎを、裏店のあちこちから人が出て眺めたが、馬五郎が井戸端から飛んでくるのをみると、あわてて戸の陰に隠れてしまった。

「この気違い！　放せ」

馬五郎に襟首を摑《つか》まれたおきんは、また金切り声を張りあげたが、その声はたちまち泣き声に変った。馬五郎に頭を張られたのである。

「この馬鹿やろ、年寄りに何をしやがる」

定斎《じょさい》売りに出かけるところで、紺の脚絆《きゃはん》を半分だけつけた仁作が、血相変えて飛んで来ると、いきなり馬五郎に組みついた。

だが仁作は馬五郎の胸もとまでしか背丈がない。組みつかせておいて、馬五郎は抜き上げるように仁作の身体を抱えると、情容赦もなく地面に投げ飛ばした。

仁作は俵が落ちるように地面に落ちて、ぐっと詰まった声を出したが、そのまま身体を丸めて呻《うめ》いた。

「ふん」

馬五郎は鼻で笑うとパンパンと手をはたき、それから大きな眼でじろりとあたりを見回してからのしのしと家の方に去った。

二

昔から乱暴者だったわけではない。馬五郎が裏店の鼻つまみになったのは、女房と別れた六、七年前からである。

十二年前、馬五郎は若い女房と二人で浅草から深川永倉町の、このほおずき長屋に越してきた。馬五郎も三十前で、まだ若かった。女房はおつぎと言い、二人は初めてほおずき長屋で世帯《しょたい》を持ったのだった。

馬五郎は毛深い大男で、おつぎは色白の小柄な女で、裏店の人達はその取り合わせの奇妙さを笑ったが、夫婦仲は円満だった。馬五郎は木場人足でそこから休まず木場に通い、口数が少なく、とかくの噂がある人足暮らしに似ず、酒も博奕《ばくち》もやらない生真面目《きまじめ》な男だった。

二年目に子供が生れた。女の子でお加代と名づけた。眼が細く色白で、小さな口もとは母親のおつぎにそっくりだった。父親に似なくてよかったと、裏店の人達は笑ったものである。夫婦はお加代を可愛がり、とりわけ馬五郎は仕事が休みのときなどは、どこに行くにも懐に包み込むようにお加代を抱き込んで出歩いた。

お加代が四つになった春、突然の不幸がこの家を襲った。その日お加代を連れて猿江町の親戚を訪ねたおつぎは、帰りに横川の川岸で知り合いに逢った。相手の女と道端で長話になり、話に夢中になり、子供のことを忘れた。

横川が小名木《おなぎ》川にぶつかるところに猿江橋がある。橋のまわりに人が集まり、騒然となったのを、はじめおつぎはぼんやり遠目に見ていた。まだ話に心を奪われていた。

はっと思ったのは、ふと気づいて子供を眼で探したときである。お加代の姿はなかった。河岸の道は、片側が武家屋敷の塀続きで、子供が紛《まぎ》れ込むような場所はない。人通りは少なかった。

「おや、お加代ちゃんは」

相手の米屋の女房が言った声を、おつぎは聞いていなかった。

本能的に橋に向かって走った。胸が破れるほど鳴った。

橋の上も袂《たもと》もみるみる人だかりになった。人を掻《か》きわけておつぎは前に出た。若い男が二人水に入り、橋の下で声をかけ合って、水の中から何かを拾い上げるところだった。

やがて岸にたどりついた男が、腕に抱えているものを見たとき、おつぎは鋭い悲鳴をあげた。着ている赤い花柄の袷《あわせ》が、お加代のものだったのである。ぐったりと後に垂れた顔から、濡れた髪が下がり、髪の先から水が滴《したた》った。おつぎは手をのばして前に出ようとしたが、不意に頭から血が一度に退《ひ》くのを感じながら倒れた。

お加代の葬式を出すまで、馬五郎はおつぎにひとことも口をきかなかった。異様に固い殻の中に自分を閉じこめてしまったように見えた。

馬五郎がおつぎにものを言ったのは、それからさらに半月も経《た》ってからである。

ある夜馬五郎はへべれけに酔って帰った。戸を開けて土間に踏み込むと、そのまま上がり框《がまち》にのめってしまった。

「あんた」

いつまでも動かない馬五郎を見ながら、おつぎは途方に暮れたように、そばに跪《ひざまず》いて声をかけた。

「中へ入ってくださいな。風邪をひくと困るから」

三月の末で、花見の噂などでにぎやかな季節なのに、その日は一日中薄曇りで、いまにも雨が降りそうに底冷えしていた。

「あんた」

「さわるな」

と馬五郎は言った。肩に伸ばしたおつぎの手を邪険にふり払うと、熊が這うように四つんばいになって茶の間に入り込んだ。

おつぎが茶の間に入ると、馬五郎は拗《す》ねたように寝返りを打って背を向けた。不機嫌の塊のように見える堆《うずたか》い背に向かって坐ると、おつぎは掌《て》を膝の上で握りしめながら恐る恐る言った。

「かんにんして下さいな」

「……」

「あんたが怒っているのはわかるし、どんなに怒られても仕方のないことだと思っています。だけど……」

おつぎは声をつまらせ、しばらくひっそりと泣いた。

「だけどあたしだって辛《つら》いんだよ。お加代はあんただけの子供じゃないでしょ。毎日辛くて、悲しくて」

「きいたふうなことを言うな」

背を向けたまま、馬五郎は唸《うな》るように言った。

「まだ怒ってんだね、やっぱり」

とおつぎは言った。

「そんならどんどん怒って下さいな。物も言わずにそうしていられるのが一番辛いんだから。そうされるぐらいなら、叩《たた》かれる方がよっぽどましだ」

不意に馬五郎は起き上がった。胡坐《あぐら》をかいたまま、充血した眼でうとまし気におつぎをみた。そのつき放した視線に、おつぎはぞっとした。眼の前の夫との間に、埋めようもない深い谷間を見た気がした。

「憎いんだね、あたしが」

おつぎは叫んで、馬五郎に肩をつきつけた。

「そんなに憎いんなら、さあ叩いておくれよ」

「すべため」

馬五郎は唸って、おつぎの身体を突き放そうとしたが、衝《つ》き上げてきたものに促されたように、いきなりきつくおつぎの胸もとを摑んだ。

「このあまア」

馬五郎は胸を喘《あえ》がせた。

「お喋《しゃべ》りしている間に子供を殺しやがった」

「だから、かんにんしてと謝っているじゃないか。かんにんできなかったら、あんたの気の済むようにしてと言っているじゃないか」

「かんにんしろだと、おい」

馬五郎は大きな掌でおつぎの頰を張った。おつぎはひッと言ったが逃げなかった。

一度手を出したとき馬五郎は、身体の中でそれまで出口を見出せないで荒れ狂っていたものが、ついに奔流のように溢《あふ》れ出したのを感じた。

「このあまア」

馬五郎は眼がくらむような憤怒《ふんぬ》の真只中《まっただなか》にいた。

「よくもいけしゃあしゃあと生きていられるな」

おつぎの身体を突き放し、それが軽々と壁ぎわまで飛んだのをみると、怒りは倍加した。

「こんちきしょう、お加代を連れて来い。そうしたら勘弁してやらア。たったいま、ここへ連れて来い」

立ち上がると足蹴にし、髪をつかんで引き回した。唐紙《からかみ》が鳴り、茶簞笥《ちゃだんす》が踊ったが、馬五郎の耳はそれを聞かなかった。這って入口の方に逃げようとするおつぎを引き戻し、またやめちゃくちゃに顔を殴った。

やっと手をとめたとき、おつぎは襤褸《ぼろ》のように部屋の隅に倒れていた。着ていたものは裂け、頬は充血して腫《は》れ上がり、唇が切れて血が垂れている。

「殺しておくれ」

おつぎは畳に顔をつけたまま、呟《つぶや》くように言った。眼尻から流れる涙が古畳に吸い取られた。

「そんなに憎かったら……、いっそ殺しておくれ」

馬五郎は立ったままおつぎを眺めていたが、もう一度腰のあたりを蹴飛ばすと、荒々しい足音を残して外に出て行った。その夜おつぎは熱を出して寝込んだが、馬五郎は朝まで帰って来なかった。高い熱の中で、おつぎは糸のように頼りなく細い夫婦の絆《きずな》を見つめ続けた。

それが始まりだった。馬五郎はよく酒を飲むようになり、酔って帰るとおつぎを半殺しの目に合わせた。酔わない日は仕事から帰って、朝出かけるまで、ひとことも口をきかなかった。おつぎは頰が瘦《や》せ、眼だけが大きくなり、時々寝込むようになった。

隣のおきん婆さんが気を揉《も》んで、おつぎに入れ智恵をした。

「酔って来たと解ったら、家へ逃げておいでよ。ああいう酒癖の悪いのは暴れるのは家の中だけなんだから。よその家までは来ないよ」

おきんは傷《いた》ましそうにおつぎを見た。

「だけどそんなにまでされて、どうして一緒にいるのかねえ。親兄弟はいないって聞いたけど、親戚があるんだろ。別れちまった方がよかないかねえ。見込みないよ、あれじゃ」

「おばさん」

おつぎは肉が落ちて、眼ばかり大きい顔に淋しげな笑いを浮かべた。

「仕方ないのよ。お加代を死なせたのはあたしだもの。叩いてそれで一《いっ》ときでもあの人の気が済むなら、そうさせてやりたいの。そのときだけは夫婦だものね。他人なら叩いたりしないでしょ」

「何てことだろうね」

おきんは溜息《ためいき》をつき、少し涙ぐんだ。

だが、おきんの入れ智恵も甲斐なかった。馬五郎は逃げ出したおつぎを追いかけ、隣まで踏み込んで引きずって行くのだった。

裏店の人達がついに見かねて大家の弥左エ門に訴えた。話を聞くと弥左エ門はすぐに処置をとった。夫婦を別れさせ、おつぎを親戚の家に預けてしまったのである。

それから六年の歳月が経った。

三

お角の店に近くなると、馬五郎の表情はひとりでに崩れてくる。

亥《い》の堀《ほり》川が小名木川に繋《つな》がる場所に扇橋があり、橋の両側に扇橋町がある。お角がいる店は、木場から川沿いにきて、橋を渡った東の扇橋町にある。酒も出し、飯も出すといった店で、日暮れには木場帰りの人足で一パイになった。藤助という親《お》爺《や》《じ》が主人だが、若い娘を五人も使い、店は繁昌《はんじょう》していた。

最初は昼飯を喰いにきたのである。しかしお角と知り合うと、日暮れに、この店に寄らないで帰ることが出来なくなった。裏店へ帰ったところでひとりである。何が面白くてという気になる。それでも毎晩帰るのは、そこにお加代の位牌《いはい》が置いてあるからである。淋しがらせちゃいけねえ、と馬五郎は酔った頭でいつも思うのだ。

「いらっしゃい」

暖簾《のれん》をわけた馬五郎を、目ざとく見つけたお角が声をかけた。お角は少し頬骨が高く、口も大きい。だが大きい眼にいつも挑《いど》むような光があり、紅を塗った唇は、大きいだけに生々《なまなま》しい色気を感じさせる。二十一だと言っている。

その声を聞いただけで、馬五郎の顔はとめようもなく笑いに緩んでくるのだ。親子といってもおかしくない年のこの女が、一緒に暮らしてもいいと言ったのである。飯台《はんだい》の前に坐るまで、馬五郎はお角に笑顔を向け放しで、坐るとき腰掛けの木樽に躓《つまず》いた。

お角が寄ってきた。

「お酒にする？」

馬五郎は胸を張って店の中を見回す。隅の方で印半纏《しるしばんてん》を着た職人風《ふう》の男二人が酒を飲んでいるだけである。主人の藤助は板場の中で、女たちを指図していそがしく立働いている。

「うむ、酒だ」

馬五郎は言い、お角の方に身体を向けた。

「どうだ。今夜一緒に帰らねえか」

「今夜はだめよ」

とお角も馬五郎の方に身体を預けて言った。

「どうしてだい？」

「おきみちゃんのところに泊りに行く約束なのよ。おきみちゃんの伯母さんの家が芝の飯倉町にあってさ。明日は一緒にお招《よ》ばれしてんだよ。いまお祭りでしょ。今夜は二人で着て行く着物をみるのさ」

「ヘッ、餓鬼《がき》じゃあるまいし」

「いいじゃないのさ。見世物小屋なんか出て賑やかだって言ってた」

「くそ面白くもねえ」

と馬五郎は呟いた。お角は取りあわずにそばを離れ、板場の方に行ったが、そこで声を張って「いらっしゃい」と言った。振り向くと、若い眼つきの鋭い男が入ってきたところだった。若い男は、さっき馬五郎がしたように、じろりと店を見回したが、ゆっくりした足どりで隅の方に歩いて坐った。棒縞《ぼうじま》の袷《あわせ》を、胸もとをきっちり合わせて着ている。月代《さかやき》もきれいに剃《そ》りあげて、お店《たな》者のような身なりだが、馬五郎はその若い男がやくざ者のような気がした。その男を、どこかで見たような記憶がある。

お角が運んできた酒を、ぐいぐい飲んでいる間に、店の中は次第に騒然となってきた。客が混んできたのである。

飯台のあちこちに百目蠟燭《ひゃくめろうそく》が置かれ、酒の香が生暖かく店の中を満たしている。馬五郎は盃を呷《あお》ってじろりと隅の方をみた。そこにお角が坐っている。お角は坐りこんでさっき馬五郎の後からきた若い男に酒を注《つ》いでいる。自分も飲んでいるようだった。男は背を向けているので様子が解らない。だがお角の顔はこちらを向いていて、白い喉と濡れた唇が馬五郎の眼を刺してくる。

——長っ尻な野郎だ。

自分のことは棚に上げて、馬五郎は舌打ちした。こういうときほどいらいらすることはない。掌の中に、丸い臀《しり》の肉まで預けた女が、突然手のとどかない場所に行ってしまったような不安がある。男の背はほとんど動かない。きっちりと坐っている。その姿勢でどんな口を利いてお角を笑わせているのか見当もつかなかった。

——どっかで見たぜ。

馬五郎はまた思った。男の冷たい眼つきと、気障《きざ》な身嗜《みだしな》みがうまくつながると、記憶が戻ってくる気がした。それを思い出せないことで馬五郎はよけい苛立《いらだ》った。

徳利を提《さ》げて、漸くお角が戻ってきた。

「おい」

馬五郎は険《けわ》しい声をかけた。

「あら、ごめんなさい」

お角は馬五郎の前に坐ったが、徳利を振った。

「空なの。ちょっと待って」

酒を運んできたお角は、にっと馬五郎に笑いかけて前を通りすぎたが、若い男の前に酒を置くと今度はすぐに戻ってきた。

「ごめんね、放りっぱなしにしてさ」

「まあいいさ、おめえも忙しそうだ」

お角の顔は酒のために上気して、眼もとが匂い立つようにも色に染まり、唇は蠱惑《こわく》的に光っている。馬五郎の顔は笑いに崩れ、身体の中に膨《ふく》らんでくるものの押さえが利かなくなる。

「おい、今夜俺《おれ》の家へ行こう」

「いけないって言ったでしょ。おきみちゃんと約束があるんだから」

「おきみには俺が言ってやら」

おきみもこの店で働いている女で、さっきから板場に入りきりで藤助を手伝っている。

「だめ」

お角は胸をひいて馬五郎を睨《にら》んだ。

「しつこいのは嫌いだよ」

「わかった」

馬五郎はあわてて言った。

「わかった。今夜は黙って帰るよ」

「わかればいいのよ」

お角はからかうように言った。

「おとなしくしていたら、ほら何だっけ、生姜《しょうが》買ってきてやるわ。お祭りの名物の」

「生姜なんざいらねえ」

「そう言わない、言わない」

「おい、お角」

馬五郎は盃を空けて、お角にさしながら言った。

「おめえ、いつになったら一緒に暮らすつもりだ」

「誰とさ」

お角ははぐらかして酒を啜《すす》った。

「誰とだと？　おめえ言ったじゃねえか。酒場暮らしは倦《あ》きあきした。世帯を持ったらさぞ安気《あんき》だろうって。な、俺はいつでもいいんだぜ」

「あんたと？　世帯を持つの？」

お角は盃を置くと、ああ暑い、と言って襟を拓《ひら》いた。ちらとのぞいた肩の肉の白さに、馬五郎は眼が昏《くら》むような気がした。

「この前言ったじゃねえか。一緒になってもいいって。よ？」

突然お角は喉を仰向けて笑い出した。真白な喉と赤い唇を馬五郎は睨んだ。時どき永倉町の裏店に泊りにきて、惜しげもなく白い肌をみせるこの女と、いまは何の繋がりもないのを感じた。馬五郎の心を焦燥《しょうそう》が走り回る。

「おめえ調子よく嘘ついたな」

「嘘じゃないよ」

けろりとした顔でお角は言った。

「だけどさ、あたしだって考えちまうよ。そりゃあんたは嫌いじゃないよ。嫌じゃないけど年だろ？　身体がでかいばかりで、金があるわけでもないしね」

「金はある」

馬五郎は顎《あご》をひいて言った。

「え？　あんたお金持ってんの」

「少しは溜《た》めてある。なに、酒を飲むぐれえで、使い途《みち》がねえから残っているさ」

ふーんと鼻を鳴らして、お角は馬五郎の顔をまじまじとみた。大きな黒眸《くろめ》が敏捷に動いて馬五郎の顔を撫《な》で、その眼で馬五郎は身体をくすぐられているような気がした。

「溜めてるって、どのぐらいあるの？」

「人には言うなよ」

馬五郎は、肱《ひじ》を飯台について、掌に顎をのせているお角の顔に、自分の顔をくっつけるように持って行くと囁《ささや》いた。

「二十両だ」

お角はぐるりと眼玉を回して見せた。

「どうだ。一緒になるのに不足はあるめえ。俺はまだまだ稼げる。見ろよ」

馬五郎は袖《そで》をまくり上げて、右の手でばんと二の腕を叩いた。松の枝のように赤黒く引き緊《しま》った腕だった。

「若い者に負けちゃいねえ」

「いいよ」

とお角はあっさり言った。

「いいか。いつだ、おい」

「年の内に行こうかしらね。あたいもひとり暮らしは倦《あ》きあきしてんのさ」

「よし決まった。ま、一杯飲めよ」

馬五郎は空になったお角の盃に酒を満たした。それからふと気づいて隅の席を見た。若い男の姿はなく、そこには職人風の男たちが、蠟燭の炎に顔を火照《ほて》らせて唱《うた》っていた。

「さっきあそこにいた男は……」

馬五郎は指でさした。

「おめえの知った男かい」

「誰のことさ」

「さっきおめえが話し込んでいた、眼つきの悪い男だよ」

「ああ、あの人。知らないよ、時どきくる顔だけど」

お角は言って笑い出した。

「眼つきが悪いだって。笑っちゃうよ、自分のことを棚に上げてさ」

四

「馬五郎さん、丁度いいところにきた」

暖簾《のれん》から馬五郎が首を突っ込むと、店に出ていた藤助があわてて手まねきし、それから後を向いて、おいよおきみちゃん、と呼んだ。

板場から前垂れで手を拭きながらおきみが出てきた。おきみはまだ十七で、小柄で浅黒い肌をした丈夫そうな娘である。

「おきみが今日、お角に会ったそうだ。な、おい」

うんとおきみはうなずいた。

「会った？　どこで会った」

馬五郎はあわてて店に入ると、おきみの前にしゃがんだ。

「ま、あわてなさんな。腰をかけて聞くといい」

と藤助は言った。

泊りに来たお角が、その夜馬五郎に虎の子の二十両を出させて見た後、次の朝その金を持って逃げたのはひと月も前である。もちろん藤助の店もやめて、ふっつりと姿を消してしまったのである。

いろいろなことが解った。おきみが、お角の住んでいた裏店の家を知っていて、案内してもらって、そこにも行ってみた。ところがお角はかなり前にそこを引き払っていた。それだけでなく、近所の人間の話で、お角には長い間訪《おとず》れてきて泊って行く男がいたことも解ったのである。そう聞いたとき、馬五郎はすぐにあの時一度だけ見た若い男を思い浮かべたが、裏店の人たちがいう男の人相はそれを裏書きした。

盗《と》られた金は不思議なほど惜しいと思わなかった。馬五郎も適当にお角を慰んだのである。呉れてやったと思えばよかった。また女に騙《だま》されたとも思わなかった。約束をどうしたと喚《わめ》き立てるほど若くはない。

馬五郎がお角を探しているのは、もう一度女の白い身体を抱きたい、その欲望のためだけのようだった。その欲望のために、馬五郎は仕事のひまを見ては、両国、浅草、下谷などの盛り場を歩き回り、まめに藤助の店に顔を出して、お角の消息を訊ねるのである。

「浅草で会ったそうだ。な？」

藤助はおきみを見て言った。藤助は多少責任を感じているようだった。多分に馬五郎の自業《じごう》自得の気味があったが、仮りにも店で使っていたものが、馴染《なじ》みの客の金を盗んだのである。

「浅草のどのあたりだ、おきみちゃん」

と馬五郎は訊いた。怒りよりも、お角に対する欲望のために、馬五郎の胸は波立っている。

「広小路から三間町に入ったところですよ」

と、おきみはあまり気がすすまない様子で話し出した。

茶屋町を通り過ぎた、東仲町と三間町の間の小路で、お角は中年の女と立ち話をしていたのである。おきみは材木町にある友達の家を訪ねた帰りで、あら、お角さんだと思ったが声をかけないで通り過ぎた。思わず急ぎ足になっていた。お角が馬五郎を騙して金を取った話は聞いていて、会うのは何となくバツが悪い気がしたのである。

「すると野郎、あのへんの茶屋にでも勤め奉公しているかな」

「ええ、そんななりをしていました」

おきみは少しそっけない口調で言った。

「あのあたりは、十日ほど前に探したんだがなあ。やあありがとよ、やっと見当がついたぜ」

「でも見つけてもあまり乱暴しないでね」

とおきみは言った。

「わかってるさ。なに、俺ア金が戻ればいいんだ。別に野郎を恨《うら》んでるわけじゃねえ」

と馬五郎は言ったが、馬五郎の眼の裏には、お角の白い裸身が躍《おど》っていた。

二晩通い、広小路界隈の茶屋をそれとなく探したが、お角は見つからなかった。

二晩目には疲れて、そこで自棄酒《やけ》を飲み、へべれけに酔って、深夜裏店の木戸を開けてもらって漸く家に戻った。

一日置いて、馬五郎はまた出かけた。お角がそのあたりで働いているという感じは動かなかったからである。

その夜五ツ半（午後九時）頃に、馬五郎は浅草寺門前についた。茶屋町は、まだ最後の賑《にぎ》わいを残し、ざわついていた。あちこちで、三味線の音が籠《こも》った音色で聞こえ、端唄《はうた》の声も聞こえている。不意に戸が開いて、男の酔った声と見送りの女の甲高《かんだか》い声がし、また戸が閉められる。道を歩きながら、そういう声がすると、馬五郎はすばやく視線を走らせて女の姿を眼で確かめた。仄《ほの》かな軒行燈《のきあんどん》の光の中に、男女の姿は定かでないが、お角の姿は、見ればひと目でわかる。声だけでわかる、と馬五郎は思う。

お角は住み込みでなく、手伝いで通っているかも知れないと馬五郎は思っている。あの男とどこかに住んでいれば、お角は通いだと考える方が自然だった。そうだとすれば、茶屋が店を閉める頃に、眼を光らせていれば捉《とら》えることが出来るかも知れない。

一軒の茶屋の裏口で、塀脇に長々と立小便してから、馬五郎は身震いし、またゆっくりと歩き出した。

寒くはない。ここへくる前に、橋袂《はしだもと》のおでん屋で一杯ひっかけている。その酒の気が、残り火のように身体を暖めている。身震いは緊張のためのようだった。町のざわめきは少しずつ、潮がひくように消えようとしていた。三味線の音も、唄も間遠くなり、その間に酔客の途方もない大声が混ったりするが、それもすぐに熄《や》んで、沈黙と闇が町を少しずつ埋め始めている。

不意に賑やかな女たちの声が路地に溢れた。ごくろうさま、と女たちは口々に言い合っている。女たちは背を丸め、おお寒いと言いながら小走りに広小路の方に駈けて行った。中のひとりが塀ぎわに立っている馬五郎を見て、ぎょっとしたように身体を向けたが、酔った客だと見たらしくすぐに前に行く女たちを追って行った。送りに出たものが掲《かか》げていた灯を消し、戸を閉めたあと、路地は不意に闇に包まれた。

足音を忍ばせて馬五郎がそこを離れようとしたとき、一度閉まった裏口の戸が開いて、人影がひとつ闇の中に滑り出た。遠く広小路に近いところに軒行燈がひとつ光っているだけで、路地は僅《わず》かに星明りが照らすだけだったが、闇に馴れた馬五郎の眼は、そこにすらりとしたお角の立姿を見た。

——あま、こんなところにいやがった。

馬五郎は、寒々とした下駄の音を響かせて表に向かう女の後を跟《つ》けた。九分どおりお角だと思ったが、明りのあるところで確かめねばならない。人を間違えたでは済まない。騒ぎになる。

それにいまになって、お角の顔を見たらどう出るものか、心が決まっていないのに気づいていた。

——殴れば騒ぐだろう。

だが、穏やかなことじゃ済まないぞ、と馬五郎は思った。猿ぐつわをはめて家へ担《かつ》ぎ込んでもいいのだ。そう思うと四肢は不意に狂暴な力で満たされた。馬五郎はごくりと唾《つば》を飲み込む。女は三間ほど前を歩いている。その女を背に担ぎあげ、大川橋を渡り、川岸の闇を飛ぶように家に走る自分の姿を想像し、肩に女の肉の感触が疼《うず》いた気がしたのである。

女は路地を出、広小路を出た。道を曲るとき、角の店の軒行燈の光で横顔が見えた。馬五郎はまたごくりと喉を鳴らした。

お角の白い顔を見たのである。

お角は広小路を横切ると、橋には向かわずに花川戸に曲った。そのまま下駄の音をさせて急ぎ足に歩いて行く。花川戸の黒い家並みが尽きようとしていた。その先は山之宿《やまのしゆく》である。

——野郎、どこまで行くつもりだ。

馬五郎は大股に足を運びながら、ボキボキと指を鳴らした。また女を担ぎ上げて橋の上を走る光景がちらちらし息が荒くなる。何にも知らない獲物が、眼の前をゆっくり歩いているのを、上から覗《のぞ》きこみながら追っかけているような快感があった。人通りはない。

「あんた、遅かったじゃないか」

不意にお角の声がした。お角は立ち止まり、その前に黒い影が立っている。馬五郎はあわてて眼の前の商家の軒に身体を寄せた。

「あたしゃ誰かに後を跟《つ》けられているようで、怖かったよ」

お角の声は甘えている。

「また賭場《とば》に行ったんだろ。でも迎えに出る約束は忘れないでおくれ」

星明りの下で二つの影が一度縺《もつ》れ、すぐにゆっくり歩き出した。

「おい」

と馬五郎は声をかけた。きゃっとお角が叫んで男の影に隠れた。馬五郎はカッとなった。

「おいお角、俺だ」

「お前さん、誰だい」

男の落ちついた声がした。馬五郎が気勢を殺《そ》がれたほどの冷やかな声音だった。

――そうか、あの男だ。

と思った。仄《ほの》かな星明りの下に向きあった男の顔が、藤助の店で見た若い男に違いないのを確かめていたが、不意に男の正体が摑めたのである。賭場に行ったんだろ、と言ったお角の言葉が、男が何者であるかを思い出させたのだった。

馬五郎が働いている木場と、掘割ひとつをへだてた場所が島田町である。間を筑後橋という小さな橋が繋いでいた。島田町の真中にはさまれて、内藤駿河守《するがのかみ》様の下屋敷と、名前を忘れたが旗本屋敷が並んでいた。その旗本屋敷の中間《ちゆうげん》部屋で開かれた賭場を二度ばかりのぞいたことがある。博奕を打つつもりはなかったが、同じ店で働いている仲間に誘われて見に行ったのである。若い男はその賭場にいた。中盆《なかぼん》を勤め、時には橋を渡って、木場に貸し金の取り立てにも来ていたようだ。

男が、海辺大工町裏町にある大きな賭場の人間で、頼まれてその中間部屋にきていること、人を殺したという噂がある男だということを、ちらと聞いたことがあった。

馬五郎の気負った気分が、少しひるんだ。眼の前にいるのは、たちの善くない男だった。

「おじさん、用がなければ行くぜ」

男は感情の籠らない、細い声で言った。

「待て、話がある」

馬五郎はあわてて言った。

「俺は永倉町の馬五郎という者だ。そこにいるお角に金を盗まれた。返してもらおうか」

「盗んだ？　そいつはあんたの思い違えだ」

と男は言った。

「その話は俺も聞いたが、お角は貰《もら》ったと言ってたぜ。なあ？」

「ふざけるんじゃねえや」

馬五郎は、深夜の空気を震わせて喚いた。男の、人を小馬鹿にした口の利き方に誘発されて、相手がどういう男であるかを忘れた。荒々しい怒りが腹から衝き上げてきた。

「おい、俺を甘くみるなよ、若えの。若僧のくせしやがって、嘗《な》めた口を利くと怪我するぜ、おい」

「元気なおじさんだ」

男は呟くような小声で言った。

「金を返せ。てめえら、はなっから共謀《ぐる》だったんだろう。そうか、読めたぞ。おいお角、おめえこの男と相談ずくで、あの晩俺のところに泊りに来たに違えねえ」

「みっともないねえ」

とお角が言った。

「自分の助平は棚に上げて、いま頃ごたごた言うんじゃないよ」

「このあまア。やい、金を返せ。泥棒猫め」

「金なんかないよ」

「そうは言わせねえ。どうあっても返さねえというんなら、お上に訴えてやるぞ」

「ふん」

お角は鼻を鳴らした。

「訴えて出なよ。面白いじゃないか。そしたらあたしも言ってやるよ。このヒヒ親爺と何回寝ました。お金はそのお代でございますってね。あたしの身体はそんなに安くないんだよ」

「ようし解った。それじゃ腕ずくだ。その方が話が早え」

馬五郎はお角に飛びかかったが、男に阻《はば》まれた。男は軽く手を振ったようだったが、馬五郎の身体は右に飛ばされてよろめいた。

向き直ったとき、男の右手が鈍《にぶ》く光るものを握っていることに気づいた。刃物だ、と思い、眼の前の男が人を殺したと噂されていたことを思い出して、馬五郎はぞっとした。

った。

「諦《あきら》めて帰んなよ、おじさん。うちの人は怖い人なんだから」

お角の揶揄《やゆ》する声が響いた。馬五郎の頭に血がのぼった。怒りに眼が昏《くら》むようだった。

「てめえらに、おい」

馬五郎は叫んだ。

「てめえらに甘く見られてたまるか」

身構えていた姿勢から、馬五郎は腕を前に突き出して男の前に殺到した。だが手は空しく闇を掴んだだけだった。黒い影のようなものが脇を擦《す》り抜け、馬五郎は左の太腿《ふともも》に激しい痛みを感じた。振り向こうとしたが、足がひきつり、重心を失って地面に転んだ。堪え難い痛みが、腿から脇腹まで駆け上がってきて、馬五郎は呻いた。

「殺すことはないよ、あんた」

お角の声が遠く聞こえた。

五

眼が覚めると、人の顔がのぞいていて、それが別れた女房のおつぎだった。

「眼が覚めたかい」

とおつぎは言い、笑いかけようとしたが、不意にその顔は泣き出しそうな表情に変った。

「高い熱を出してね。今日は二日目だよ、あんた」

馬五郎は黙っていた。狭い部屋に、仄かな明りが漂っている。光は柔らかで、煤《すす》けた障子を透して、午後の光が射し込んでいるようだった。

夜のことが思い出された。お角の情夫に刺されたあと、暫《しばら》く地面に寝ていた。漸く立ち上がったが、刺された左脚は重い石をぶらさげたようで、そのくせ地面に着けると全く力が入らず、馬五郎は大川橋に辿《たど》りつくまで何度も転んだ。転ぶたびに激痛が身体中を走り抜けた。

欄干に縋《すが》って、漸く橋を渡り終った。その後どうやって家まで辿りついたかは解らない。憶えているのは、喉穴がくっつくかと思うほどの渇《かわ》きと、拭っても拭っても滴り落ちた汗だけである。夜道では誰にも会わなかったような気がする。

「これを飲みなさいな」

おつぎは茶碗を運んできた。強い薬の香がした。

「うまく俯《うつぶ》せになれるかしら」

馬五郎はそっと身体を動かした。すると腿に激痛が帰ってきた。

「手を貸そうか」

「いらねえ」

馬五郎は呻きながら身体を回し、俯せになった。そのまましばらく枕に顔を埋めて喘いだ。

「痛かったかい」

「いちいちうるせえや」

馬五郎は言った。おつぎが差し出す茶碗を受け取ると、薬の香のする湯を飲んだ。

「大変な騒ぎだったそうだよ。あんたが入口で倒れた物音でお隣が眼を覚まし、それから医者の先生に来てもらったり、大家さんに知らせたり」

「そんなことはいいや。おめえは何でここにいるんだい」

「あたしがいちゃいやなんだろう。解ってますよ。心配しなくていいの。このままこの家に居据わろうなんてつもりはないから」

おつぎは先手を打つように言った。おつぎは小綺麗な見なりをして、顔の色艶もよく少し肥《ふと》り、若返ったように見えた。だが馬五郎は心の中で、その若さを少し憎む気持ちが動いたのを感じた。

——女ってえものは強《つえ》えや。

木場から亥の堀川に沿って帰る頃、日は暮れ、川は黒い水面に星の光を映す。突き当りが小名木川に架《か》かる新高橋である。橋を渡ったところが行徳街道《ぎょうとく》で、右手が横堀川を渡る猿江橋だった。お加代はそのあたりで溺《おぼ》れ死んだのである。川沿いの道を歩いてくる間に馬五郎の胸は湿り、扇橋を渡って藤助の店の暖簾をくぐらずにいられないのである。

——お角なんぞはおまけよ。

と負け惜しみのように思った。お加代を忘れなかったと言えば嘘になる。六年の歳月が過ぎれば、俤《おもかげ》は遠くなった。だがおつぎは、お加代の記憶のためにどれほど苦しんだのだろうか。おつぎのもも色に耀《かがや》くような顔の皮膚をみながら、馬五郎はそれを確かめるのが怖かった。

馬五郎の気持ちに気づいた様子はなく、おつぎは微笑した。

「足が直るまでいるだけだから」

馬五郎が歩けるようになったとき、師走《しわす》も半ばになっていた。

ある夜、家主の弥左エ門が来た。

「難しいことは抜きにして、このまま一緒に暮らしたらどうだな」

弥左エ門は、おつぎがすすめた綿のはみ出した座布団に坐ると、痩せた胸を張って言った。

「おかみさんは駒形のある料理屋に住込んで働いていてな。その間誘う男もいたらしいが、これまでひとりで来た。この家に戻りたい一心できたと思うが、昔あったことは忘れて、ここでやり直すつもりはないかね。お前さんも、もう若くはないのだ」

馬五郎とおつぎは、弥左エ門の前に膝を揃えて首を垂れていた。小柄な弥左エ門に叱られているように見えた。

「お前さんも、乱暴者だと店《たな》の衆からずいぶん苦情ももらったが、よく働く。これは今も昔も変りない。やり直すつもりなら、しあわせも来ようというものだ」

「有難うございます」

とおつぎは言った。馬五郎は「へい」と言っただけだった。

「しかし話はお前たちが決めることだ。わしがとやこう指図するものじゃない。後でとっくりと相談してくれ」

弥左エ門が帰った後、二人は黙って向い合った。外の闇で木枯しの音がしている。

長い時が経った後で、おつぎが言った。

「あんたには、その気がないんだものね」

「………」

「来たときから、あたしにはわかっていた。あんたは、まだあたしを憎んでいるもの」

「憎んじゃいねえ」

「嘘は言わないで」

おつぎはきつい口調で言った。

「あたしも、もう若くはないし、人並みの苦労もした。あんたの気持ちぐらい見抜けない女じゃないよ」

「……」

「女房面していつまで居るつもりだと思っていたでしょ。でも今度はあたしもわけがあってね。心を決めるために来たんだ」

「……」

「元の亭主の前で言い辛いけど、一緒にならないかという人がいるんだよ。男やもめで、婆さんと子供が一人いる家だけどね。真面目な職人さんで、あたしも心が動いたんだよ。でも一度あんたに会ってからと思って」

馬五郎は、身体の中に不意に大きな穴があき、その黒い穴を、いままで感じたことがない淋しいものが吹き過ぎるのを感じた。外の木枯しが身体の中に入ってきて鳴ったようだった。その気持ちにあらがうように、馬五郎は言った。

「結構な話じゃねえか」

おつぎは馬五郎をじっと見つめた。

「ほんとうにそう思うのかい。あたしがよそのかみさんになってもいいんだね」

「そいつは俺がどうこう言うことじゃねえや。お前の勝手だ」

「でもこれからひとりでどうするのさ。年取るばかりだよ」

「よけいなお世話だ」

馬五郎は足を崩し、左の腿を労《いたわ》りながら頑《かたく》なに言った。顔は挙げなかった。おつぎが深い溜息をつくのが聞こえた。

「あの時、あんたとの縁が切れちまったんだねえ。お加代が死んだときにさ」

おつぎの声は啜《すす》り泣くようだった。

「それでもあんたが許してくれさえしたらと思い続けて来たんだけど。いまさらよそになんぞ行きたくはない……」

不意に声は跡切《とぎ》れて、おつぎは鼻紙を出し、鼻をかんだ。それから少しはっきりした声になって言った。

「あたしはいまでもあんたが好きだもの」

馬五郎の胸に、不意に女に対する哀れみが波立ち、溢れた。だが馬五郎は動かず、俯《うつむ》いたまま頑なに黙り込んで腿をさすり続けた。

六

藤助の店を出ると、馬五郎は扇橋の橋袂で立ち止まり小便をした。小便は亥《い》の堀《ほり》川の川岸の枯草を濡らし、夜目にも白い湯気を立てた。

「何言ってやがる」

馬五郎は喚いた。おつぎが出て行ってから十日ほど過ぎている。

——これからひとりでどうするのさ。

——あんたが好きだもの。

おつぎの声が甦《よみがえ》る。酒を飲むたびに、その声は馬五郎の胸の中で、あの夜吹き荒れた木枯しのように鳴りひびくのである。

「へちゃくれが、何を言いやがる」

馬五郎は呟いて橋を渡った。暗い川面に、ばら撒《ま》いたように星の光が浮かんでいる。橋を渡ったところで、二人連れの男に会った。馬五郎はふわりと寄って行って、

「おい」と言った。二人連れは、闇の中から突然現われた大男の酔っぱらいを見て、あわてて逃げて行った。馬五郎は新高橋を渡り、行徳街道に降りた。そこからは横堀川に沿って帰るのである。

半鐘の音と、行手に火明りを見たのは、橋を降りるとすぐだった。家々の戸が次つぎに開いて、道に人が飛び出して来た。

「近いな、三丁目あたりだぜ」

という声がした。あたりが騒然とし、人々は走り出していた。馬五郎も一緒に走

っていた。火事は誰かが言ったように、西町三丁目の表通りの家だった。家の中は火が回ったらしく、軒下から火炎がちろちろと伸び上がっている。火消しはまだ来ていなかった。

ひとりの女が狂ったように叫んでいた。

「おみつう！」

遠巻きにした群衆の中で、女は二、三人に身体を押さえられている。馬五郎は前に出た。

「どうしたい」

馬五郎が訊ねると、女を押さえていた若い男が答えた。

「家の中に、もうひとり子供がいるっていうんだ。だがもう焼け死んでらあな」

「助けてください」

と、女は馬五郎に手を合わせた。女の腰に男の子が二人泣き喚きながらしがみついている。

「亭主はどうした」

「そのひとは後家《ごけ》さんだ」

近所の者らしい声が答えた。

「助けて。あの中に……」

女は馬五郎の方に、押さえられている身体を伸ばして指さした。

「おみつがいるんです」

軒下から、また濃い煙と火炎が噴き出した。すると、子供の泣き声がした。声は家の中から聞こえてくる。

「おみつう！　おみつう！　かわいそうに、出られなくているんだ。待ってな！」

女は絶叫し、押さえていた男たちの手を振りほどいて駈け出した。

「おい待ちな」

馬五郎は追って行って女を抱きとめた。だが女は馬五郎の腕の中で暴れ、したたかに脛《すね》を蹴飛ばした。また子供《い》の泣き声がした。その声を威嚇《いかく》するように、家の中で木が裂ける音がした。

「おみつう！」

女は叫び、放して下さい、と言って馬五郎の腕に噛《か》みついた。

「待ってろよ」

馬五郎は女を突き放すと、着ていた短か袷と襦袢《じゅばん》を脱いだ。股引《ももひ》きひとつの馬五郎の裸身が火に染まった。

「いま助けてやるぜ」

馬五郎は、倒れたまま虚《うつ》ろな眼で自分を見つめている女に言うと、天水桶《てんすいおけ》に駈け寄った。

「危ねえ、もう無理だ」

誰かが叫んだ。その声をかき消すように、どっと声が挙がった。水に漬けた着物を頭からかぶった馬五郎が、戸を蹴破って中に走り込んだのを見たのである。破られた戸の間から黒い煙と火炎がどっと外に噴き出し、人々は思わず後にさがった。異様な静けさが道を埋めた。その中で、さっきの女が、手を合わせたまま放心したように火を見つめている。

また人々がどよめいた。内側から戸が一枚倒れ、ほとんど同時に屋根を突き破って、火柱のように火が空に奔出したからである。

「おい、みろ」

誰かが叫んだ。火の海の中から、男がよろめきながら外に歩み出て来たのを見たのである。馬五郎は手に、捧げ持つように黒い塊を持っていた。馬五郎の股引きも、髪も燃えているのを人々は見た。

馬五郎の黒い裸身はゆっくり火を離れ、道の中ほどまで来て、不意に樹が倒れるように前に転んだ。黒い塊が投げ出され、その中から子供の泣き声がした。

「おみつ！」

女が駈け寄って、黒い包みに見えた襦袢をほどいた。中から女の子が起き上がり、母親に抱きついた。

馬五郎の身体は、まだ微かな煙を上げていた。駈け寄った男が膝をついたがすぐに首を振った。

「死んでいる」

「大男だな」

もうひとり、しゃがんで馬五郎の顔をのぞいた男が呟いた。

「ひでえや。すっかり皮がむけちまって、どこの誰か顔も解りやしねえ」

馬五郎は冷たい土に、顔を横向きにして腹這ったまま死んでいた。顔も背も焼けただれていたが、火に照らされたその骸《むくろ》には、どことなくひどい仕事を終って、身を投げ出して眠っているような安らぎがあった。

おふく

一

おふくの家の戸が開いたのは、日暮れだった。

家の中から、はじめに客の男、続いておふくの両親、最後に弟の清助の手を引いたおふくが出てきた。

菊坂町のこの裏店《うらだな》には、井戸のそばに胡桃《くるみ》の樹が一本聳《そび》えている。それは聳えているという形容が似つかわしい大きな樹だった。大樹なので、秋に実ってものぼって取る者はいない。大家《おおや》の富田屋喜兵衛は、実をとることをとやかく言わないのだが、実は竿《さお》もとどかない高い枝になった。

ただ秋に大風が吹くと胡桃の実が落ちる。裏店の者たちは、格別争うこともなく、落ちた実を拾い、天日に干したあと皮を捨てて貯える。その頃店賃《たなちん》を集めに来た喜兵衛が、少しずつ胡桃をもらい集めて帰ることもあった。この樹があるために、裏店を胡桃長屋と呼ぶ者もいる。

胡桃の樹の下で、造酒蔵《みきぞう》は戸口から出てきたおふくを見ていた。胡桃の樹は、繁りあう葉の間に、房のようなうす緑の花を垂れていた。日射《ひざ》しが弱々しく樹の葉を照らし、その下に立っている造酒蔵の顔は、井戸の上まで伸びた葉の陰になって蒼《あお》ざめて見える。

「べつに送って来ることはないさ。万事あたしにまかしてもらえばいい」

客の男の高い声が聞こえた。下卑《げび》た声だと造酒蔵は思った。男は四十半ばで、商人のなりをしている。肥っている。だが気持ちよく肥《ふと》っているという感じはなくて、肌に照りがなく、眼の下から頬のあたりにかけて、蒼白くむくんで見える。赤い唇をし、眼は終始笑いに崩れていたが、笑いやむと刺すように険しい光が、おふくの両親の顔に流れるのだった。

「心配いらないよ、喜作さん」

男はおふくの父親の名を呼んだ。

「あたしがきちんとしてやる。芸ごともみっちり仕込んで、ちゃんと名のある芸者衆に仕立てるようにな。あんた」

男は不意に本性を現わしたように、肩を柔らかく動かし、しなを作った手で喜作の肩を叩《たた》いた。

「あんた、いまに蔵が立つぜ、ほんと」

男の下卑た笑い声がそれに続いた。喜作は俯《うつむ》いている。おふくの母親は、前だれを引き上げて眼に押し当てたままだった。その恰好《かっこう》のままで、二人は男の言うことにいちいちうなずき、言葉の切れ目に深く頭を下げている。

おふくは、清助の手を引いたまま、頭を上げて男を見つめていた。おふくは普段着に帯だけ新しいのを締めている。赤い帯だった。おふくの顔が、造酒蔵から真向いに見える。

おふくは薄い唇を引きしめ、細い切れ長の眼は、いつものように少し笑いを含んでいるようにみえる。頬は瘦《や》せ、小さな顎が尖《とが》っている。母親に結《ゆ》ってもらったらしい桃割れが重そうだった。

おふくはいつもそういう顔をし、無口だった。おかしいことがあっても、子供らしく大きく口を開いて笑うことがない。

あるとき造酒蔵は、そんなおふくに苛立《いらだ》って、いじめたことがある。四、五年前のことで、造酒蔵は八ツか九ツだった。おふくは二ツ年下である。二人が遊びに行った場所は、広い草原だった。そこで小半日遊んだのだが、それがどこだったか、十三の造酒蔵はいま思い出すことが出来ない。二人はそれまで来たことがない、家から遠い場所で遊んでいた。

細い道があった。道の両側は、子供の腰丈《こしたけ》まで伸びた草だった。赤い色をした日射しが草の葉を照らし、あたりには濃い草いきれの香が漂っていた。

何が気に入らなかったのかも、造酒蔵には思い出せない。おふくを草原の道に置き去りにして、ずんずん走るように歩いていたときの気持ちだけを憶《おぼ》えている。おふくに、腹を立てていた。

ふり返ると、草のひろがりの中に溺《おぼ》れたように、小さなおふくの胸から上だけが見えていた。おふくは大きな声を出すわけでもなく、泣き喚《わめ》くこともしないで同じところに立って造酒蔵をみていた。

胸を突き刺すような後悔が、造酒蔵を襲ったのはそのときである。造酒蔵は走って戻った。胸が波打つほど激しい勢いで駈け戻った。

前に立つとおふくは黙って造酒蔵を見上げた。おふくはそのときも痩せた小さな顔をし、細い笑いを含んだような眼で、唇を引きしめて造酒蔵を見た。

だが、その眼にみるみる涙が盛り上がり、涙は頰を伝わった。造酒蔵は黙ってその手をひいて歩き出した。ゆっくり歩いた。草原の向うに日が沈むところで、造酒蔵は、自分とおふくが赤い光の中を歩いていることを、ひどくしあわせに感じていた。

造酒蔵は運命という言葉を知らなかったが、その時感じていたのは、そういうものだったのである。おふくは泣き声も洩《も》らさず、ひと言も喋《しゃべ》らなかったが、小さな手に恐ろしい力をこめて造酒蔵の手を握りしめていた。

——何か言え、おふく。

と、胡桃の樹の下からおふくの顔をみつめながら、造酒蔵はいま思った。笑いを含んだような細い眼で、小さい唇をひきしめている無口なおふくをみるのは耐え難かった。

おふくが奉公に出ることは、春頃から聞いていた。父親の喜作は左官の下職をしているが、高い足場から桶を担《にな》ったまま下に落ちて、足を折った。二月の末だった。喜作は四月になってから、漸《ようや》く足を引きずりながら歩けるようになったが、暮らしは眼に見えて悪くなっていた。おふくの母親のおいせは、喜作が寝込むと自分が日《ひ》傭《やと》いに出、帰って来ると袋張りの内職をしたが、時どき自分も寝込むようになった。もともと丈夫な身体ではなかったのである。おふくが、造酒蔵の家に米を借りにくるようになった。

十一のおふくが奉公に出されるのは避《さ》け難《がた》いようだった。だが、その奉公がどういうものであるかを、造酒蔵はつい四、五日前に知ったのである。

親は、子供が眠ったと思うと、ずいぶん大胆なことを喋るものである。

「門前仲町の明石《あかし》屋だそうだぜ、喜作の娘を買ったのは」

そう言ったのは父親の嘉蔵《よしぞう》の声だった。

「ほんとかい、お前さん」

母親のお勝の声がした。

「おうさ、明石屋の人間から聞いたんだから間違えねえ」

嘉蔵は青物の担い売りをしている。朝早く家を出、深川で商売をして夕方帰ってくる。

「かわいそうに、ふくちゃんは」

「なあに」

嘉蔵は声もひそめずに言っている。

「かわいそうなんてのはいっときの話よ。一年ぐらいは女中代りに使われるだろうが、その後は男を知っちまえば、かわいそうなんてもんじゃねえ。楽な商売だ。天《てん》秤《びん》棒担《かつ》いで八百屋でございなんて言わなくとも済まあ」

「何が楽なもんか。男相手の商売なんて、聞いただけでも哀れじゃないか。あの細っこい身体でさ」

「あの子は男と寝ると肥るたちだと俺は睨《にら》んでるぜ。なんかこう、いつも仏頂面《ぶっちょうづら》してるが、いまに愛想のよい、いい身体つきの女になるぜ」

「馬鹿なこと言うもんじゃないよ」

お勝は言ったが、

「へーえ、仲町で働かせるのかねえ。おいせさんも、よく思い切ったものだねえ」

と、なぜか浮き浮きしたような口調で言った。

十三の造酒蔵は、親たちの言っていることを、ほぼ誤りなく理解していた。金を受け取って、男達と寝る女たちがいることを、造酒蔵は知っている。細部は解らないながら、その女たちが沢山の男達と寝るということには、嫌悪と同時に奇妙に心を惹《ひ》きつけるものがあった。

おふくがそういう女になる。そう思うと造酒蔵は一とき血の流れが身体の中で停まったような気がしたのだった。

「さ、それでは出かけようか、ねえちゃん」

肥って血色のよくない男が言った。

造酒蔵が樹の下を離れたのは、そのときだった。

造酒蔵が前に立つと、おふくはじっと造酒蔵を見つめた。細い眼が瞬《またた》かないで造酒蔵をみた。

「これ、持って行きなよ」

造酒蔵は懐から胡桃をひとつ出して、おふくに渡した。おふくにやるものが、それしかないことが残念だったが、胡桃をもらったことを、それを造酒蔵がくれたことを、おふくが忘れる筈がない、と造酒蔵は思っていた。

「おや、にいちゃん。この子の友だちかい」

肥った男は愛想のいい声で言ったが、その眼はぞっとするほど冷たいいろを帯びて造酒蔵をみた。

突然おふくの眼に涙が盛り上がるのを造酒蔵はみた。おふくは涙を溜《た》めたまま、眼をそらさずに造酒蔵をみて、手を出した。その掌に、胡桃の実を落としてやりながら、造酒蔵は、

――おふくはやはり解っているのだ。

と思った。いま、どういう場所に売られて行くかを、おふくは覚《さと》っている。

男に促されて、おふくは小さい風呂敷包みを抱え直すと、木戸口に向って歩いた。

「おふく、達者でな」

喜作が二、三歩追いかけて言った。喜作の身体は滑稽《こっけい》なほど、左右に大きく傾いた。おいせがすすり泣いた。

おふくは振り向かなかった。

二

門前仲町の明石屋の前に立ったとき、造酒蔵は十八の錺《かざ》り職人だった。

狭い階段を二階に上がりながら、造酒蔵の胸は破れそうにときめいている。五年ぶりでおふくに会える、と思うと、膝頭が顫《ふる》えるようだった。

「お酒は、どうします？」

案内した中年の女は、行燈《あんどん》をともすと、まだ廊下に立ったままでいる造酒蔵を見上げて言った。

「酒？」

狼狽《ろうばい》して造酒蔵は言った。すばやく懐の中の金を勘定する。金を貸してくれた兄貴分の幸助は、「大尽遊びてえわけにはいかねえのだぜ。いいな、ちょんの間しか楽しめねえのだぜ」と言ったのである。

「そうだな。一本だけもらおうか」

「一本ですか？」

女は色の黒い顔に、あからさまに不機嫌ないろを浮かべた。女の不機嫌な表情は、造酒蔵を怯《おび》えさせた。が、この女にもうひとつ頼まなければならないことがある。

「済まないが」

造酒蔵は女の前に膝を揃えた。顔が赤くなるのが解る。

「会いたい人がいる」

「………」

女は返事もしないで造酒蔵の顔をみている。

「おふくという人だが、いまはきくえといっているらしい。その人を呼んでもらいたいんだが」

「へーえ」

女は造酒蔵の顔から眼を離さないで、軽蔑《けいべつ》したように言った。

「あんた、きくえちゃんのお馴染《なじみ》さんなの？　そうは見えないけど」

「むかし、一緒の長屋にいた者だ。造酒蔵がきたと言ってくれれば解る筈だ」

「あいよ」

女は立ち上がりながら、面倒くさそうに言った。

「きくえちゃんは売れっ子だからねえ。今夜空《あ》いてるかどうか解らないけど」

「頼む。その人でないと困るんだ」

女は卑《いや》しい笑い顔を残して部屋を出て行った。

出て行った女は、階段の降り口で下から上がってきた者とぶつかったようだった。

「酒も飲まずに、やりに来たんだってさ」と言った女の声が筒抜けだった。「そんなの、珍しかないよ」と相手が言い、そこで女二人がげらげら笑っているのを、造酒蔵は身体を硬くして聞いた。「それが困るんだよ」――とさっきの女の声がし、不意に声が囁《ささや》きに変り、やがて廊下を歩く足音だけが長く続いた。

酒が運ばれてきたが、造酒蔵は手をつけなかった。そのまま長い時間が経《た》った。廊下を幾人か人が通り、男や女の声が部屋の前を通り過ぎたが、造酒蔵がいる部屋の襖《ふすま》は、忘れられたように開く者がいなかった。

造酒蔵は、時どき懐から紙に包んだ簪《かんざし》を取り出して眺めた。自分の手で作り上げた一本である。造酒蔵の錺職人としての腕は、まだ一人前というわけにいかなかったが、どうにか一本の品をまとめ上げることは出来るようになっている。

おふくが長屋を出て行って間もなく、造酒蔵も石原町の錺職源兵衛の家に住込みで奉公に出た。錺職として手ほどきを受けるようになったのは、それから一年ほど経ってからである。

その時から、おふくのために簪を作ることが、造酒蔵のひそかな励みになった。紙に包んで、懐にしのばせてきた一本の簪は、親方の源兵衛が作る品物にくらべると、まだ作りが粗《あら》くやわである。それは自分でわかる。源兵衛の簪は、女の髪を飾るにふさわしく、はかなげな美しさを持ち、それだけ細かな美しさを湛《たた》えながら、強靭《きょうじん》無比だった。そういう簪にくらぶべくもないが、仕事のひまひまに時間をかけて作り上げたものを、造酒蔵は持ってきたのである。

「今晩は、おにいさん」

襖が開いて、若い、肥った女が顔を出した。濃く白粉《おしろい》を塗り、声は少し嗄《か》れ声だった。

あわてて簪をしまおうとした造酒蔵の手を、すばやく寄ってきた女が、無遠慮に摑《つか》んだ。

「ちょっと。いいもの持ってるじゃないか」

女は無理やりに紙をひろげて簪をのぞき込んだ。身体は無遠慮に造酒蔵に凭《もた》れかかってきている。女の身体から白粉の香と酒が匂った。

「どうしたの？　これ。誰かに上げるの？」

「部屋を間違えたんじゃないのか」

辛うじて女の身体の重味をのがれながら、造酒蔵は言った。

「わたしはきくえという人に会いに来たのだが」

「ああ。聞いた、聞いた」

女は平気な顔で言い、造酒蔵から身体を離すと、盆の上の酒をみた。

「お酒飲まないの？　もったいないね。あたいが飲んでも構わないかしら」

「それは構わないが、わたしは……」

「きくえちゃんに会いたいって言うんだろ」

女は手を振った。待ってよ、いま話してやるから、と言って女は手酌で酒をつぎ、ひと息に飲み干した。

「それ聞いたけどさ。今夜はだめ。それであたいがその代りなのよ」

「それは困る」

うろたえて造酒蔵は叫んだ。

「わたしはおふくに会いに来ただけなんだ」

「やりに来たんじゃないっての？　そんな固いことは言わない、言わない。そんなこと言ってもきくえちゃんに会えば、やるに決まってるんだから。男だもの」

女は真面目な顔で言っている。

造酒蔵は顔を赤くした。だが、おふくに会いに来たのは、いつかこんな家から連れ出しに来る、というそのひと言を言いたくて来たのである。おふくを抱くつもりはなかった。

造酒蔵は首を振った。

「おふくに会えないんなら、俺は帰る」

「それじゃあたいが困るんだよ」

今度は女があわてたように言った。

「何もしないであんたを帰したんじゃ、あたいが叱られるんだ。あたいじゃだめかい」

「せっかくだが」

「せっかくということもないけどさ。困るなあ。そりゃこんなに肥っちゃって、きくちゃんとはだいぶ話が違うだろうけどさ。ついているものは一緒だよ。変りゃしないよ」

造酒蔵は胸を突きつけてくる女を扱いかねて、立ち上がろうとした。その腰に、女がしがみついたので、二人は縺《もつ》れ合ったまま畳に倒れた。

女の匂いが造酒蔵を包んだ。一瞬頭が痺《しび》れたような感覚の中で、造酒蔵は思わず女の背に手を回していた。すぐに女が甘えた鼻声を出した。

慌《あわ》ただしい時間が通り過ぎた後で、女が言った。

「驚いた。兄さん初めてなんだねえ」

言ってから、女は造酒蔵の肩に額《ひたい》をつけた。熱い額だった。さっき自分から帯を解いた女は、しどけなく胸を開いたままで、造酒蔵にゆだねた乳房が露《あら》わに突き出ている。

造酒蔵は、仰向いたまま暗い天井格子《てんじょうごうし》を見ていた。ひどく無様《ぶざま》なことをした感じが残っていたが、羞《は》ずかしいとは思わず、深い気落ちだけが心を打ちひしいでいる。振り切って帰らなかったことが悔まれた。おふくがいる家で、自分がこうしたことが、心を責めてくる。同じ家の中のどこかで、おふくが男に抱かれていることは思い浮かばなかった。造酒蔵には、男に抱かれているどんなおふくも考えられないのである。

　こうして別の女を抱いた過《あやま》ちのために、おふくとの行く末に暗い影が射したような気がした。

　造酒蔵が帰るというと、女は今度は素直に身繕《みづくろ》いして、送って出ると言った。

「あたいはおせきというんだよ。憶えといておくれよ」

　暗い廊下で、女は後ろからそっと造酒蔵の指を握っていった。

　男の声で呼びとめられたのは、三和土《たたき》に降りてからである。

「金を頂きましたが、お客さん。少し足りないんですがね」

　声を掛けてきたのは、面長《おもなが》の大ぶりな顔をした中年の男だった。役者にしたら映えるだろうと思うような、立派な目鼻立ちをしているが、眼の光だけは、もの言う間も無気味に沈んで、造酒蔵を圧迫した。

「足りない？」

「はい。酒代を頂いておりません」

　酒はあの女が飲んだ、と言おうとしたが、おせきと名乗った女の姿はもう見えなかった。

「しかし酒代も一緒に払った筈だが」

「いいえ、それがね。酒五本で二分ばかり足が出ていますのでね」

「五本？」

造酒蔵は警戒するように、低く呟《つぶや》いた。もちろんそんな金がある筈はない。懐には辛うじて百文足らずの金が残っているだけである。造酒蔵は改めて掛け行燈の光に浮いた男の顔を見た。男の顔には感情の動きがみられない。何か邪悪なものが忍び寄ろうとしている気配を造酒蔵は嗅《か》いだ。

「しかし酒は一本だったよ」

「ご冗談を」

男の顔が初めて歪《ゆが》んだ。せせら笑ったのである。

「酒一本なんてお客さんがあるもんですか」

「いや、わたしは」

「では、お代を頂けますか」

「金はない」

言ったが造酒蔵は、不意に衝《つ》き上げてきた気持ちに押し出されて言った。

「明石屋はこういう商売をやるところかい」

「表に出て頂きましょう」

男はまた仮面のような無表情を取り戻して言った。

門の前まで出ると、いきなり男の身体がかぶさってきて、造酒蔵は頬に火傷《やけど》したような痛みを感じ、手向うひまもなく地面に叩きつけられていた。

「乞食野郎《こじき》め」

男はやくざな口調で言った。

「てめえのような銭のねえのに、おふくだ、きくえだと出入りされちゃ、迷惑なんだ」

男は手をはたいた。

「二度と来やがると承知しねえぜ。おい、憶えときな」

「どうしたい、浜五郎」

太い声が、訝《いぶか》しそうに言うのが聞こえた。

「あ、親分。もうお帰りで」

「何だい、その若いのは」

「なに、金もねえのに、きくえを名指しで来た奴がいるってんで、旦那がお冠《かんむり》なんでさ」

「ま、あまり手荒なことはしねえ方がいいぜ」

のろのろと造酒蔵は立ち上がった。

「どうしたい、若えの。可哀そうに土まみれじゃねえか。そこまで一緒に行くか」

「……………」

「浜、それじゃ帰るぜ」

「お気をつけなすって。ひとりで大丈夫ですかい」

「なあに、昼より夜の方が歩きいいぐらいだ」

歩き出すと、親分と呼ばれた男は、

「おめえ、商売は何で喰ってる？」

と言った。

「錺職です」

「うん、儲からねえ仕事だな」

と男は言った。男は提灯《ちょうちん》を下げて、商家の旦那といった恰好をしている。夜目にも広い肩幅だった。

「何で殴られたか解らねえじゃ気の毒だから、話してやろう」

と男は言った。きくえという女は明石屋で五本の指に入る売れっ子だ。毎晩、大枚の金を使ってもきくえでなければだめだという客が通ってくる。金もなく、妙にわけがありそうな若い者なんか近づけたくない。

「そういう明石屋の腹だ。早いほどいいから、浜の奴に絡《から》ませたわけよ」

「………」

「しかし何だな、きくえという女は、俺も一ぺん抱いたが、身体はいいが陰気でいけねえやな。あれじゃ気が滅入《めい》る。俺がいま通ってる玉代というのはにぎやかだ。ああいうのがいい」

造酒蔵は、不意に横に並んで歩いている男に殺意を感じた。この男がおふくを抱いたなどということを許すことは出来ない、と思った。

「つまりは、これよ」

親分は、わざわざ提灯を左手に持ちかえて、右手の親指と人さし指で丸をつくった。

「おめえも錺職人なんかしてちゃ、なかなかきくえを抱くてえわけにいかねえぜ」

「………」

「もっと楽に金が入るテがあるのだがな。どうだい、一度遊びに来ねえ。俺は木場の宗左と言ってな。木場に来てそう言やすぐ解る」

「さっきの男は、きくえとどういうかかわりがあるんですか」

「何を寝ぼけたことを言っていやがる。ただの用心棒よ。あれも俺の子分でな。明石屋に貸してあるのよ」

三

質屋から出てくると、女は左右を確かめてから道に出、俯いて歩き出した。歩きながら、口に手を当て、軽く咳《せき》をした。女は十八で、少し胸を患《わずら》っている。造酒蔵はそこまで知っている。おなみという、女の名前も解っている。

おなみが質屋に入るのを、偶然に道で見かけたのである。そして出てくるまで待っていた。いま造酒蔵はおなみの後を跟《つ》けている。おなみの足は下谷山崎町の角を曲って、幡随院《ばんずいいん》の方に向っている。

おなみの家は本所原庭町にある。恐らく顔を知られていない遠い町の質屋を探して、こんな場所まで来たのだろうと造酒蔵は思った。おなみの家は、原庭町で酒屋をしていたが、半年前に潰《つぶ》れて少し離れた場所にある裏店に入った。潰したのは造酒蔵の親分、木場の宗左である。

まだ四月の末というのに暑い日射しだった。おなみは日射しを避けて、幡随院の塀沿いに歩いている。塀の外まで、境内《けいだい》の高い椎《しい》の樹が枝をのばしている。椎は日の光を浴びて、眼を洗うような嫩《わか》い緑の葉を空にひろげていた。おなみが立ち止まり、また小さく咳をした。

「金は貸してくれなかったようだな」

造酒蔵は声をかけた。おなみは質屋に入るとき持っていた風呂敷包みを、胸に抱えたままである。

その包みを胸に抱きしめたまま、おなみは眼を瞠《みは》った。おなみの顔に感情が動き、それがはっきりした憎悪と恐怖の表情にまとまるのを、造酒蔵は眺めて立っていた。おなみがそういう顔で自分をみるだろうことを、造酒蔵は予期していた。

木場の宗左は、木場人足《にんそく》の親方でもあり、近くの荒れ寺で開かれる賭場《とば》の胴元でもあった。おなみの父親孫兵衛を博奕《ばくち》にはめると、あらゆる手を使って金を捲《ま》き上げた。最後には家屋敷まで捲き上げたのである。

人足を連れて、追い立てに行ったのは造酒蔵である。一人ではなく、兄貴分の藤次郎が一緒だったが、仕事はほとんど造酒蔵がひとりでやった。宗左の子分になってから五年経っていて、そういうことで心を傷《いた》めることはなくなっていた。宗左の言いつける仕事は、博奕の借金の取り立て、おなみの家の場合のような追い立て、それに恐喝《きょうかつ》だった。その合間に賭場を手伝い、盆にも明るくなっている。

「思い出してくれたようだな」

造酒蔵は笑った。おなみは面影がおふくに似ている。追い立てに行ったときもそう思ったのだが、いま改めてそのことを確かめて、造酒蔵は不意に心を刺される気がしたのだった。深い悲しみのようなものが心の中にひろがるのを感じた。

「あんたのような人でなしに用はないわ」

とおなみは言った。そうだ、その気の強いところだけが、おふくと違っていると造酒蔵は思い、おなみの肉の薄い頬を眺めた。追い立てに行ったとき、おなみひとりが、最後まで悪態を吐《つ》いてやめなかったのである。

「金がいるようだが、よかったら、俺のを使ってくれ」

「誰があんたの金なんか借りるもんですか」

「ま、立ち話もなんだから、帰り途《みち》でお茶でも飲まないか」

「もう、あたしに構わないでおくれ」

「そうしたいが、そうもいかない気持ちだ。風呂敷の中身も気になるしな」

不意におなみは顔を赤くした。するとこぼれるような色気が、全身に滲《にじ》んで見えた。

「金を貸すからには、何か仕掛けがあるだろうと、あんたが疑っているのは解る。当然だ」

造酒蔵は、俺は素直なことを喋っている、と思った。そう思うのは久しぶりだった。

「だが、仕掛けはないのだ、おなみさん。あんたがよかったら、持っている金を上げていいんだ。別に使うあてのある金じゃない」

造酒蔵は言って歩き出した。後におなみの足音を聞いたのは、しばらくしてからである。おなみの身体をかばって、造酒蔵はゆっくり歩いた。

「罪ほろぼしのつもりなのね」

背後からおなみが言った。造酒蔵は答えなかった。

日陰を拾うようにして歩いて、浅草寺《せんそうじ》の境内に入った。人が群れている。人の流れとは逆に仁王門を出て茶屋町の店に上がった。おなみはついてきた。

「ここは涼しいわ」

おなみはほっとしたように言った。奥座敷の縁側が開け放されていて、三坪ほどの庭が見える。庭には小さな池があり、その回りにつつじの花が咲いていた。

「浅ましい女だと思っているでしょう」

女中が運んできた茶を一服すると、おなみは眼を挙げて挑《いど》むように言った。

「いや」

造酒蔵は女中にもらった紙に、小判を五枚包んで、おなみに渡した。

「別に返してくれなくともいい。あんたがこれっきり会いたくないと思えば、それでもいいのだ。その方がいいかも知れない」

「どうして、こんなことをするの」

「あんたはさっき罪ほろぼしかと言ったが、そういうわけじゃない。あれが俺の仕事だからね。いちいち心配していたらやって行けない」

「……」

「知ってる女がいてね。その女を岡場所から買い戻そうと思ったら、どこかに消えてしまった。それで金がいらなくなったのさ」

宗左に連れられて明石屋に行ったのは、明石屋から叩き出されてから、一年ほど経った頃だった。だが、そのときには、おふくは明石屋にいなかった。明石屋から吉田町に移ったと聞いて、そこまで訪ねて行ったが、行方は摑めなかった。

おふくは、造酒蔵の知らない、暗い世界を渡り歩いているようだった。その痛みが胸を貫いてから、造酒蔵は宗左が言いつける仕事に熱中するようになった。

「その人が好きだったのね」

横を向いて、小さく咳をしてからおなみが言った。

「多分そうだったのだろうな。ただ可哀そうだとばかり思い続けてきたのだが」

「あたしはどうすればいいの」

とおなみは、また挑むように言った。細い眼が少し笑いを含んだように、じっと造酒蔵を見つめている。

「何もしなくていいさ。だから言ったろ。これっきりでもいいって」

「あたしを抱いてもいいのよ」

とおなみは言った。

「やめろ!」

造酒蔵は険《けわ》しい顔になって、おなみを睨んだ。

「そんなつもりはないって言ってるのに、くどい女だ」

「わかったわ」

造酒蔵を見つめたままのおなみの眼が潤《うる》んだ。

「でも、あたしには解らないもの。あんたがどうしてお金を呉れたりするのか」

四

駒形町にある「吉野」という船宿のその部屋は、建て増したものらしく、離れのようになっている。人声も遠く、静かだった。

造酒蔵は、縁側近くに膳を運んで、ひとりで酒を飲んでいる。造酒蔵は、月代《さかやき》もきっちりと剃《そ》りあげ、袷《あわせ》も新しいものを着て、商家の手代のように見えた。そういうなりで、今日も仕事をしてきたのである。

仕事は恐喝だった。相手は阿部川町の寺の坊主で、離れた町に妾《めかけ》を囲っていた。造酒蔵は、そのことを有力な檀家《だんか》にばらすと脅したのである。恐喝の種は宗左がどこからか仕入れてくる。驚くほど確かで、くわしい事情を知っていた。

懐には二十両の金がある。宗左は「十両にしかなるめえよ」と言ったのだが、稼ぎは倍になった。それだけ俺の人相も悪くなったわけだ、と思った。日叡《にちえい》といった優男《やさ》の坊主の、怯えた表情が眼に残っている。

仕事をした後は、気持ちが荒れている。毛ば立った心の中に注ぐように、造酒蔵は酒を運ぶ手を早めた。気持ちが落ちつかないのは、それだけではない。おなみの来ていないことが気になった。

月に二度、造酒蔵は「吉野」にひとりで飲みにくる。ひとりで黙々と飲んで帰る。四月の末に、下谷山崎町で会ってから、おなみと四、五回会っている。「吉野」に来れば金を渡すと言ってあった。おなみは、続けて二度来た月もあったが、一度も姿を現わさない月もあった。いまは十月である。

暗い庭から飛び込んできたものが、行燈に止まった。虫はすぐに鳴き出した。蟋《こお》蟀《ろぎ》だった。休みなく鳴き続ける虫の声を聞きながら、造酒蔵はおなみは来ないつもりだろう、と思った。星も光っていない、暗い夜空が軒先を染めている。

やはり落ちつかない気持ちを造酒蔵は感じている。ふだんおなみを気にしている積りはないために、その気分は意外だった。

女中がおなみを案内してきたのは、そろそろ五ツ（午後八時）になろうとする時刻だった。

「遅かったじゃないか」

造酒蔵はほっとして言った。その気分を逆撫《さかな》でするように、おなみは坐るとすぐに言った。

「来たくなかったのよ。あんたはどんな積りか知らないけど、つまりは施《ほどこ》しを受けに来るんだもの。ほんと、金があれば来はしない」

おなみは女中が運んできた新しい膳から、盃を取り上げて造酒蔵に突き出した。

「あたしにも、お酒頂戴な」

「やめろよ」

造酒蔵は穏やかに言った。

「あんたの身体に、酒はよくねえだろ」

「いいわ。あたしが注ぐから」

おなみは、すばやく造酒蔵の膳から銚子を取り上げると、自分で盃を満たした。白い喉《のど》を仰向けて、おなみはひと息に酒を飲み干した。

「おいしいわ」

おなみは言ったが、たちまち咳に襲われた。咳は続けざまに出て、おなみは咳き込みながら、苦しそうに身をよじった。

造酒蔵は立って行って、背をさすった。温かい体温が掌に伝わってきた。脂肪ののった白い首筋が造酒蔵の眼を射た。おなみの身体は、意外に重い肉の手応《てごた》えを伝えてくる。この豊かな身体を病気が蝕《むしば》んでいることが哀れだった。

「みねえ。言わねえこっちゃねえ」

「触らないでよ」

咳が納まると、おなみは肩を振って造酒蔵の手を振り払った。

「あたしが好きでもないくせに。親切にしないで」

造酒蔵は苦笑しておなみから離れた。膳に戻って盃を取り上げながら、造酒蔵は、

「医者には通っているんだろうな」

と言った。

「そんなこと、あんたにかかわりないでしょ。あたしがどうなったって、あんたの心が痛むというものじゃなし」

「聞いたことに答えろよ」

「医者になんか行ってないわ。薬代が高くて続かないし、たまに行っても、昔のように親切な顔をしないのよ」

「藪《やぶ》医者め」

造酒蔵は罵《ののし》った。おなみの家に金を絞りに通った頃、その医者を二度ほど見かけたことがある。

「別の医者にかかりな。金なら、なんとかするぜ」

「もうたくさん。そこまであんたのお世話にはならないわ」

おなみは思い出したように、二度ほど咳《しわぶ》いた。

「ほんとに、どういうつもりなのかしら、あんたは」

「金のことか」

「そうよ」

「気にすることはねえ。汗水たらして稼いだという金じゃねえ。汚ねえ金だ。無いときは仕方がねえが、あるときは遠慮なくもらうこった」

「でも施しは、施しだわ」

「ただでもらうのが、そんなに気になるか」

造酒蔵は膳を脇に寄せて、おなみににじり寄ると、肩を摑んだ。

「こうすれば気が済むか」

造酒蔵は片手をおなみの頸《くび》に回し、小さな唇を吸った。柔らかな感触が、造酒蔵の唇をとらえた。「あ」と小さい声を上げ、おなみは眼を閉じたが、不意に両腕を造酒蔵の胸に突っぱって唇を避けた。

「いけない」

おなみは喘《あえ》いで言った。

「悪い病気がうつる」

「構いやしねえ」

造酒蔵は深くおなみを胸の中に抱えなおし、花弁のように赤い唇を吸った。おなみの身体は柔らかくなり、重く造酒蔵に凭れてきて、腕の中でほとんど仰向けになった。手は首筋に縋《すが》って、激しく顫《ふる》えている。おなみの足が小さく空を蹴り、裾が割れて白い足が露わになった。造酒蔵の眼から、不意におふくの面影が消え、生々しい体臭をもつひとりの女が、視野一ぱいを埋めた。

半刻《はんとき》ほどして、二人は船宿を出た。堂の前を通り過ぎて材木町を抜け、大川橋を渡った。空も水面も暗かったが、川のあちこちに、点々と船の灯が見えた。橋の上には、先に歩いて行く者の提灯がひとつ、ぽつんと揺れているだけで、人通りはなかった。

「哀れだと思ったのね、あたしを」

「………」

「あれも施しのつもり?」

「違う」

造酒蔵は、おなみが絡めてきている指をほどきながら言った。

「断わって置くが、金とはかかわりねえぜ。お前さんが嫌いじゃねえからだ」

「好きでもないんでしょ」

すばやくおなみは言った。造酒蔵は、暗い光の中でおなみの顔を探した。白い顔が驚くほどそばにあった。造酒蔵の眼に、行燈の光の下でゆだねられた、おなみの身体が浮かんだ。白い肌を走る戦《おのの》きが、その身体が今夜始めて男のために開かれたことを示していたのである。

傷ましい思いが、造酒蔵の声を優しくした。

「俺は好きでなきゃ、あんなことはしねえ」

「ほんと？」

答えるかわりに、造酒蔵は、もう一度絡んできたおなみの指を掬《すく》いとってやった。

おなみの家の前にきた。木戸口で、造酒蔵は帰ろうとしたのだが、おなみが離さなかったのである。

「今度はいつ会える？」

おなみが囁いた。そして小さく咳をした。その咳が、造酒蔵を現実に引き戻した。

「毎日というわけにはいかねえ」

「わかってるわ」

「十日たったら会おう」

「十日も？」

「そうだ」

おなみはまた咳をした。

「あそこでいいの？」

そうだ、と言い造酒蔵がおなみの肩に手を回したとき、おなみの家の戸が開いて、男が出てきた。

背が低く、肥った男で、商人のようだった。

「また来てる」

おなみが怯えたように囁き、造酒蔵の胸に縋った。誰だ、あいつはと訊《き》こうとして、造酒蔵の声は舌に凍《こお》りついた。家の中から照らす手燭《てしょく》の光と提灯の明りで、男の横顔がはっきり浮かび上がったのである。

その男の顔を、十二年前に造酒蔵は菊坂町の胡桃長屋で見ている。おふくを連れて行った女衒《ぜげん》に間違いなかった。髪だけが半白になっている。火に慕い寄る蛾《が》のように、不幸のあるところを嗅ぎつけてくる虫だ。

「あの男は……」

造酒蔵は、下卑《げび》た笑い声を残して木戸の方に去る男を見つめながら言った。

「お前さんを女郎にでも売る相談にきているのか」

「……」

おなみは造酒蔵の胸の中でうなずいた。

「惨《みじ》めな話になっているのよ」

おなみは少し投げやりな口調で言ったが、その声は恥辱に顫《ふる》えている。

「心配するな。俺が話をつけてやる」

造酒蔵は、おなみの肩を叩いた。「危ないことをしないでね」というおなみの声に、造酒蔵はあばよと言った。

男の姿は、成願寺の長い塀沿いの道で見つかった。さっき造酒蔵とおなみが来た道を、逆に大川橋に出るつもりのようだった。右側に竹腰兵部少輔《ひょうぶしょうゆう》、細川能登守《のとのかみ》と大名の下屋敷の塀が続く。左側は竹町の町並みである。町家はほとんど灯を消し、暗い道だった。

細川家の下屋敷の塀が尽きて、男が大川端に出たところを、造酒蔵はすばやく追いついて前に立ち塞《ふさ》がった。

「何だね、お前さんは。物盗《と》りかい」

と男が言った。ドスの利いた声で、男は怯えてはいなかった。

「物盗りじゃねえ。聞きてえことがあってな」

「………」

「むかし、菊坂に胡桃長屋というところがあって、おめえはそこからおふくという子供を買って、明石屋に売ったたな。憶えてるかい。おふくは明石屋できくえという名前で、客を取っていたが、そのあと行方《ゆくえ》が知れねえ。聞きてえのはおふくの行方だ。おめえなら知ってるだろう」

「そんな女は知らないね」

男はけろりとした顔で言った。

「確かに知らねえんだな」

造酒蔵は言うと、手を伸ばして男から提灯を奪い、火を吹き消した。

「何をする」

「知ってても言う訳はねえやな。人間の皮をかぶった獣と話しても始まらねえや。灯か。殴るのに灯はいるめえ」

「野郎」

襲いかかってきたのは男の方だった。その手を摑まえて撥《は》ね上げると、造酒蔵はすばやく男の身体に腰を寄せ、帯を摑むと思い切り投げた。わッという男の悲鳴と地ひびきがした。男が立ち上がろうとしている姿が、暗い地面に蠢《うごめ》いた。

その襟元を摑んで引き揚げると、造酒蔵はうん、うんと気合いを掛けながら、男の顔を殴った。男の抵抗はすぐに弱まり、やがて造酒蔵が手を放すと、ぐったりと地面に崩れ落ちた。

「少しはこたえたか」

造酒蔵は弾《はず》む呼吸を調《ととの》えながら言った。

「言っとくが、原庭町の酒屋の娘は、俺と世帯を持つことになっている。これ以上妙な話を持ち込むと、今夜のようなことじゃ済まねえぜ」

五

造酒蔵は、おなみの手鏡を壁ぎわに立てて、髪を梳《す》いている。月代《さかやき》はさっき剃った。

床の中で、おなみが言った。

「あんた、どうしても行くの」

「あんたに、もしものことがあったら、あたしはどうしよう」

「心配することはねえ」

「でもあんたの友達は、下手をすれば手が後ろに回ると言ってたじゃないか」

藤次郎が来て話したひそひそ話の中身を、おなみは病人特有の鋭い勘で嗅ぎ当てたようだった。

女衒の親爺を、大川橋で殴ってから間もなく、造酒蔵はおなみと世帯を持った。おなみの家には父親と下に弟と妹がいたが、病人のおなみがいてもいなくとも事情は変らないようだった。むしろおなみを引き取った方が、気が抜けたようにぶらぶらしている父親のためになるようだった。

そのことをおなみに言ったとき、おなみは、

「病気持ちでもいいの？」

と言った。そのひと言で、造酒蔵は一緒になるしかない気がしたのであった。

世帯を持って一年経っている。はじめ懸念したように、おなみの病気は少しずつ進んだ。医者にもかけたが、首をひねって高い薬をすすめるだけで、病状にはあまりかわりがなかった。おなみは、時どき熱を出して寝込むようになっている。

昨夜も寒気がすると言って早く寝た。その後に兄貴分の藤次郎が、仕事の話を持って訪ねてきたのである。藤次郎が帰ったあと、おなみの額に触った造酒蔵は、高い熱に驚いて、一晩中水で冷やし続けたのであった。

藤次郎が持ってきた話は恐喝だった。相手は竪川《たてかわ》に架《かか》る二ノ橋に近い常盤町《ときわ》に住む、美濃屋利兵衛である。豪商と言ってよい分限者《ぶげん》だった。

利兵衛は常盤町の店とは別に、木場の吉川町に広大な材木置場を持つ材木商である。藤次郎の話は、利兵衛が去年、甲州の天領で杉材を買い付けたときに不正があったのを宗左が探ったというものだった。甲野という勤番の上士が、利兵衛から賄《わい》賂《ろ》を取り、買い付けの石数の算定に手心を加えたが、その賄賂を使った日はいつ、場所は甲府のどこと宗左の調べは詳細をきわめていた。

「大物だな」

造酒蔵は久しぶりに緊張するのを感じて言ったが、藤次郎は弾まない表情で造酒蔵をみた。宗左は二人で組んでやれ、と言ってきている。

「大物すぎるのが、ちっと気になる」

と藤次郎は言った。藤次郎は慎重な男だった。無理な仕事をせず、いつも静かな声音《こわね》で喋る。

「やばいのか」

「利兵衛はあちこちと武家方に繋《つな》がりがある。その中に奉行所が入っていたとしても不思議はねえ」

「奉行所だと？」

「上の方とは言わねえが、同心あたりには普段から金を遣《つか》っている気がしてならねえ。あくどく儲けている野郎ほど、用心深えからな」

「しかし危ない橋だったら、親分が言い付けはしめえ」

「おめえは宗左を」

藤次郎は親分をそう呼んだ。

「信用しているようだが、俺は信用しちゃいねえ」

藤次郎の静かな声には、断定的な響きがあって、造酒蔵を愕《おどろ》かせた。

「宗左は昔、おめえがくる前だが、さんざ働かせた男を売ったことがある」

「……」

「俺たちも少し働き過ぎた。そうは思わねえか。近頃そんな気がしてならねえ」

「どういうことだ、それは」

「俺たちがやったことは、表向き宗左にはかかわりがねえ。近頃世間がそうじゃないと気づいてきたとしたらどうする？　俺たちを売って、あとは金を遣って消しちまえば万事うまく納まるわけよ」

藤次郎がした陰惨な話を、おなみは高熱の床の中で聞きとっていたことになる。

造酒蔵は髪を梳《す》き終り、おなみが縫い上げたばかりの、新しい袷を着、三尺の帯をきっちり結ぶと、懐に匕首《あいくち》を忍ばせた。

「薬は飲んだか」

「……」

「どうしたい、その顔は」

「行かなきゃならないの？」

「そうだ」

「もし摑まったら、あたしはどうすればいいの」

「原庭町に戻って待っていろ。なあに、そんなことにはならねえさ。これまでどおりよ。万事うまく行く」

「また帰ってくる?」

「あたりめえじゃねえか。仕事はすぐに済むって」

「あたしを捨てないで」

「何をくだらねえ。大げさなことを言うんじゃねえや」

「でも、あんたが危ない仕事をやりに行くたびに、いつもこのまま帰って来ないかも知れないって気がするもの」

「……」

「それにあんたが好きなのは別のひとだもの」

「馬鹿言っちゃいけねえや」

「嘘は言わないで。あんたがあたしを見る眼をみると解るの」

造酒蔵は黙っておなみの頸を抱いた。いつの間に痩せたかと思われるほど、細い頸だった。微《かす》かな汗の香が匂った。

「行ってくる。待っていな」

造酒蔵は立ち上がり、着物をなおすと、行燈に灯を入れてから部屋を出た。

二ノ橋に行くと、薄闇の中から藤次郎が無言で笑いかけた。二月のまだうすら寒い風が川から吹き上げるなかで、二人の男は一瞬険しい眼を交わし合った。

外神田の八軒町の材木屋の者で、旦那にお会いしたいという口上は、美濃屋の店の者に容易に信用されたようだった。藤次郎は肥った身体に羽織を着て反《そ》り身になると、すっかり店の旦那風になる。容貌も穏やかな商人面で、笑うと愛想が滴《したた》るようだった。

奥の間に通され、利兵衛に会った。

「何か、耳よりな商《あきな》いでもございますか」

手を揉《も》みながら、利兵衛は切れ者の商人らしく歯切れのよい口調で言った。

「はい。実は買って頂きたいものを持参しましたので」

「売りなさる」

利兵衛の顔から、すっと笑いが引っ込んだ。かわりに藤次郎がこぼれるような笑顔になった。

「はい。これでございますよ」

藤次郎は懐から美濃紙の書きつけを出して膝の前に置いた。利兵衛が手を伸ばそうとしたのを、気づかないふうに取り上げて、

「お渡しする前に値を付けて頂きますので。少し読み上げて見ましょうか」

藤次郎は、日付《ひづけ》と賄賂の金高と、受け渡しの場所をざっと読み上げた。

「いかがでございましょう。お心当りは十分あると思いますが、もしこれをしかるべき場所に恐れながらと出してしまったのでは、まるで値打ちがございません」

お茶を運んできた少女に、藤次郎は愛想のいい微笑を向けた。女が出て行こうとしたとき、利兵衛は、「三之助は寝たかい」と言った。茶を一服して、藤次郎は続けた。

「そこで旦那に買って頂くのがよかろうと、これとも相談致しましたので」

「野郎、何を笑っていやがる」

造酒蔵が鋭く言った。

利兵衛は腕組みをして笑っていた。藤次郎が書き付けを読みはじめたときからである。造酒蔵が声を荒げたのにも、動じた風はなく、かえって手を上げてこう言った。

「お静かに。店の者に気づかれてはまずい」

うふ、うふと利兵衛は笑った。

「いや、失礼ながら、大変に面白い。沢山の客が来て、売り買いなさるが、美濃紙一枚に値をつけろと言われたのは、始めてでな」

「そいつは、あんたが甲府で杉を買いつけたとき使った袖の下だが、解っているんだろうな」

造酒蔵が言った。利兵衛はけろりとした表情で答えた。

「いえ、一向に解りませんなあ」

「覚えがないと」

用心深く藤次郎が言った。

「そういうんだな」

「そりゃあなた、商売ですから、多少のもてなしは致します。だけど袖の下だ、賄賂だと言われるほどのことはやっておりません。第一そんな大金を使ったら、儲けも何もあったものじゃございません」

「造酒、引き揚げだ」

藤次郎がすばやく立った。そのとき、利兵衛が手を叩いた。襖《ふすま》を開けて顔を出した男に、利兵衛は驚くべきことを言った。

「さっきお千代に言ったが、三之助親分は呼んだかい。この二人は例の木場の宗左衛門からのお使いだ」

座敷を駈け抜けて、藤次郎と造酒蔵が店先に出たのと、手先らしい男を四人連れた、大柄で十手を握った男が駈け込んできたのと同時だった。仕組みは解らないが、罠《わな》にはまった感じがはっきりとした。

飛びかかってきた男二人を、造酒蔵は匕首で振り払ったが、外の闇に駈け込む一瞬前に、土間に組み伏せられた藤次郎をみた。

江戸の町を秋の日没が焼いていた。

造酒蔵は笠をかぶった旅姿で、小名木川《おなぎ》の岸を東に歩いていた。美濃屋の恐喝に失敗してから、三年経っている。

造酒蔵はあの夜江戸を離れた。三年ぶりに江戸に入ったのは今日の八ツ（午後二時）過ぎである。真直ぐ本所元町のおなみと住んだ家に向い、さらに原庭町の長屋に回った。そこでおなみが死んだことを聞くと、すぐに、来た道を戻ってきたのである。

道が五本松を遥《はる》かに過ぎて、下大島町の端《はず》れにかかっていた。

不意に造酒蔵の足が停まった。

そこは構えの大きい太物屋《ふともの》の前で、店の左側に、木槿《むくげ》を刈り込んだ生垣があり、枯れた生垣からその家の広い庭が見えた。

そこにおふくがいたのである。

おふくはぜいたくな感じの地色が薄青い着物で、豊かな身体を包み、頬も少し肉づいていたが、笑いを含んだような細い眼、小さな唇は昔のままで見間違えようがなかった。おふくは生れて間もないような赤児を抱いている。足もとに五ツぐらいに見える女の子供が遊んでいた。赤児が泣きはじめ、遊んでいた子供がおふくに何か言った。

するとおふくは庭の石に腰をおろし、襟をくつろげて白い胸を出すと、乳房を引き出して赤児に含ませた。白く煙ったようなおふくの肌の色が造酒蔵の眼に突き刺さった。膝に縋ったもうひとりの子供が、伸び上がって片方の乳房を握った。おふくの笑い声がした。

造酒蔵は静かに垣根を離れ、渡し場に向っていそいだ。胸をひたひたと満たしてくる哀《かな》しみがあった。日に焼け、旅に悴《やつ》れた険しい顔を少し俯けて、造酒蔵は歩き続けた。小名木川の水も、造酒蔵の背も赤い光に染まっていた。

穴熊

一

——また、やってやがる。

と気づいた。

浅次郎には見える。壺振《つぼふ》りが、盆に壺を伏せたあと、中盆《なかぼん》の盆を読む声が心持ち遅れていた。その僅かな遅れが、盆の下の床穴で、針を使っている者の姿を浮かび上がらせる。

だが、浅次郎のほかに、それに気づいたものはいないようだった。盆のまわりから、喰い入るような視線が壺に集まっているだけである。ざっと三十人近い人数が盆を囲んでいた。その中で、二盆続けて三十両という大金を賭けて勝った者がいて、それが部屋の中の空気を一ぺんに熱っぽく膨《ふく》らましている。中盆の読みが心持ち遅れ出したのは、その頃からである。

浅次郎の勝負に対する興味が、急に醒《さ》めた。

その盆で一両ほど損をして、浅次郎は賭場を出た。

——しかし、尾州屋はやばいことをやっているぜ。

と思った。振り返ったが、いまのぼったばかりの遅い月に、微《かす》かに檜《のき》を光らせているのは、ただの材木屋だった。店の脇の空地に、丸太や板材が積んであり、店に立てかけた杉丸太や竹が、乱雑に夜の空に尖端《せんたん》を伸ばしている。

尾州屋徳兵衛という。徳兵衛は初め、隣の茂森町で人足集めをやっていた。それが五年前、扇橋町にあった近江屋という材木問屋が潰《つぶ》れた跡を買って、商売を始めた。しかしほかの材木問屋のように、大きな納め仕事の入札に加わるということもなく、いつになっても小売りに毛が生えたような商《あきな》いをして、いままできている。商才があるようでもなく、仕入れが小さいところからみて、資力があるようでもなかった。それでいて、人の出入りは多かった。時折り徳兵衛は、木場の橋を渡って亥《い》の堀川《ほりかわ》沿いに、小名木《おなぎ》の方に出て行く。あまり人相風体《ふうてい》のよくない人間が三、四人一緒で、男たちに囲まれてむっつりと黒い顔を俯《うつむ》けて歩く徳兵衛は、商人のようには見えなかった。

徳兵衛が、店の奥でひそかに賭場《とば》を開いているのを、浅次郎は二年前に嗅《か》ぎつけた。それ以来、月に二、三度はこの賭場に顔を出している。

いかさまに気づいたのは、半年前である。

盆の勝負が、いつの間にか片寄っているのに気づいて、浅次郎は壺振りを注意してみた。だが、その時も壺振りは今夜のように尋常に賽《さい》を振っていた。それでも、いかさまは穴熊だと判断するまで、さほどの手間はとらなかった。

穴熊は盆の上の細工《さいく》ではない。盆茣蓙《ござ》の下に二寸角の穴を穿《うが》ち、壺の中の賽の目を、床下から白木綿を通して読み取り、針でつついて丁半いずれかの目をつくるのである。いかさまの中でも、たちのよくないやり方だった。

——いつか、眼のいい奴に見つかるぜ。

と浅次郎はそのときそう思ったが、そのまま見つからずに半年経《た》ったらしかった。だが浅次郎に、自分でそれを暴《あば》く気持ちは全くない。下手に騒げば、その場は済んでも、後で徳兵衛が回した手で消され兼ねない。無口で、賭場に出てきても、黙って酒を飲んでいるだけの徳兵衛は、得体《えたい》が知れない無気味なところがある。

だが損をした一両が忌々《いまいま》しかった。小名木川を渡ったところで永倉町の方に足が向いたのは、そのせいもあった。

富川町の裏店《うらだな》に帰っても、待つ者はいない一人暮らしである。どこかに肌寒さを残している三月の夜気が、そのまま籠《こも》っている部屋があるだけだった。大家の紺屋善右衛門は、浅次郎がまだ芝の経師屋《きょうじや》で働いていると思っている。だが浅次郎は、その仕事を三年前にやめていた。

永倉町の、一軒の古着屋に、浅次郎は入った。狭い店に、土間まで古着、古搔巻《かいまき》がぶら下がっている中を、海藻《うみも》を分けるように奥に進むと、突きあたりの茶の間の障子が開いて、顔を出した男が無言で浅次郎をみた。背後にある行燈《あんどん》の光のために、男の表情は見えない。丸い頭と幅のある体軀《たいく》だけが見えた。

「俺だ」

浅次郎が言うと、男は黙って顔を引っこめた。

自分の家のように、浅次郎は茶の間に入ると障子を閉めた。部屋の中にいるのは、相撲《すもう》取りのように肥《ふと》ったその男だけである。赤城屋六助というのが男の名前だった。この古着屋の親爺《おやじ》である。だが、男はもうひとつ、闇で囁《ささや》かれる名前を持っている。赤六という。古着屋は世間に向けた顔で、六助は裏でひそかに隠れ淫売《いんばい》を操《あやつ》っている。その方が本業だった。

赤六は長火鉢の向うから、煙管《きせる》をくゆらせながら黙って浅次郎を見つめている。年頃はまだ四十前後なのに、鬢《びん》の毛が抜け上がって、額から月代《さかやき》にかけて、脂《あぶら》が光っている。馬の眼のように、大きく張った眼が瞬《まばた》きもしない。

「お弓のことを、その後聞かねえかい」

浅次郎は、そこに出ている茶碗を勝手に使って、火鉢にかかっている鉄瓶から湯を注ぐと飲んだ。喉が渇《かわ》いていた。

ひと息ついて、浅次郎はそう言ったが、赤六は黙って首を振っただけだった。赤六からいい返事を期待したわけではない。だがそれを聞くとき、浅次郎はやはり耳を澄ますような気持ちになる。そして赤六のすげない表情をみると、いつものように、軽い気落ちを感じるのだった。

お弓は、浅次郎が通いで働いていた芝三島町の経師屋の娘だった。三年前に、経師屋は莫大な借金を背負って潰れ、夜逃げした。夫婦と娘だけの家族で、お弓はそのとき十七だった。夜逃げを知って、浅次郎とほかに二人いた職人は呆然《ぼうぜん》としたが、浅次郎には、人に言えない別の衝撃があった。そのとき二十だった浅次郎は、お弓と好き合っていた。

逃げる日の夕方、お弓は自分から浅次郎を誘って、高輪《たかなわ》にある茶屋の狭い部屋で抱かれている。茶屋を出て、浅次郎は深川に帰り、お弓は三島町の家に帰った。それっきりだった。お弓が、ひと言も夜逃げのことを洩《も》らさなかったのが、浅次郎の胸にこたえていた。浅次郎は職を捨てた。働いて銭を得るために必要な張りを失っていた。ただ喰うだけなら、物乞《ものご》いをしても喰えると思った。

しかし物乞いにはならずに、浅次郎は博奕《ばくち》に打ち込んで行った。賽の目勝負には、その間お弓を忘れさせる不思議な力があった。浅次郎が深川の岡場所に出入りするようになったのは、その頃からである。夜逃げして債鬼から遁《のが》れたものの、経師屋夫婦は、零落《れいらく》して江戸の片隅にひそんでいるような気がした。親方の定八は病身だったのである。そうして岡場所に出入りしている間に、そのあたりで不意にお弓に出会うかも知れないという気がしたのであった。

そうして二年ほど過ぎた。その頃には、浅次郎は半ばお弓のことを諦《あきら》めていた。夢のような出会いを追い続けているうちに、博奕の腕だけが上がっていた。

意外な場所で、お弓かも知れない女の消息を聞いたのはその頃である。

「その女なら、憶《おぼ》えがあるな」

と言ったのが赤六だった。賭場仲間に誘われて、浅次郎は初めて赤六のような商売をしている人間を知ったのだった。吉原でも、岡場所でもない、ひそかに女が肉を鬻《ひさ》ぐ場所がそこにあった。

二度目に赤六の家を訪ねたとき、お弓のことを訊《たず》ねた浅次郎に、赤六は無造作にそう言ったのである。その女は三度来た、と赤六は言った。名前はお杉といったが、背恰好《かっこう》、顔かたち、声と赤六が描いてみせた女の輪郭は、お弓に間違いないと、浅次郎には思われた。浅次郎の胸は、ひさしぶりにざわめく血に騒いだが、お弓の消息はそれきりで断《た》えた。

赤六は、闇に隠れた商売を続けるために、巧妙な手を使っていた。本所、深川の町々に、五人の女がいて、赤六の家に女を送ってくる。五人の女は、赤六と金銭だけで繋《つな》がっていて、湯屋のお内儀《かみ》だったり、長屋に住む日傭取《ひようと》りの女房だったりという人間だった。赤六の家にきて、二階の部屋で男と会う女たちの素姓を赤六は知らないし、知ろうとしなかった。

お弓と思われる女は、北本所表町で髪結いをしているお楽という女の手から回されてきたのだが、お楽もその女の詳しい素姓を知らなかったのである。

浅次郎は落胆したが、それから月に一、二度ぐらい、赤六の家をのぞいてみるようになったのである。だが浅次郎の心の中で、近頃は諦めがついていた。それでも思い出したように赤六の家にやってくるのは、諦めて投げてしまっては、お弓が可哀そうだと思う気持ちが働くからだった。その気持ちを、ふと口に出したくなった。

「見つかる訳はねえやな」

浅次郎はごろりと畳に横になると、片肘《かたひじ》を突いて頭を支え、赤六の顔を掬《すく》い上げるようにみた。

「おめえ、腹ん中で笑ってんだろう。だが正直いや、俺もここで見つかるだろうと、あてにしているわけじゃねえよ。だがそういってしまったんじゃ、あの女が可哀そうじゃねえか。なあ」

「遊んで行かないかね、浅次郎さん」

と赤六が言った。

赤六の表情が、不意に生きいきと動いたように見えた。

「冗談じゃねえや。賭場でふんだくられて、その上おめえに吸いあげられたら、懐が干上《ひあ》がっちまわぁ」

「いい女が来ているんだがね」

長火鉢の向うで、赤六は一膝乗り出すように、大きな身体を小揺《こゆる》ぎさせた。商売の話になると、赤六は人が変ったように多弁になる。

「あるところの旦那に頼まれて、上玉《じょうだま》を呼んであるんだ。ところが、旦那は都合が悪くなったらしいや。今夜は来そうもないのよ。女は……」

赤六はひょいと天井を指さした。

「上で待ちぼうけだ」

「その気はねえな。俺あ眠いだけだ」

浅次郎はすばやく起きると、立ち上がった。赤六の家で呼ぶ女は、素人だった。貧しい家の娘、若後家、亭主持ちの中年増などが、金のためにひそかに身体を売る。割下水《わりげすい》の向うの吉田町で、病気を心配しながら女を買うのとは雲泥《うんでい》の差だが、そのかわり眼玉が飛び出るほどの金を取られる。

浅次郎は障子を開けて土間に足をおろした。その背に、赤六のだみ声が突き刺さってきた。

「今夜が初めてなんだがな。それに、お弓という人にちょっと似ているんだがね、その女がよ」

二

薄い布団が一組だけ敷いてある。

浅次郎が入って行くと、女ははっと顔を挙げたが、すぐに俯いてしまった。行燈の光がその横顔を照らしている。軽い酒肴《しゆこう》の支度がしてあるが、勿論《もちろん》女が手をつけた様子はない。酒の支度は、竹蔵という年寄がやる。赤六は女房子供もなく、女中も置いていない。昔門前仲町界隈の小料理屋で働いていたという竹蔵が住込みでいて、飯の支度や、二階の支度を器用にやっている。

浅次郎は、襖際にしばらく立ち止まったが、やがてゆっくりと行燈のそばに胡坐《あぐら》をかいた。部屋に入ったとき、一瞬さわいだ胸は、もう鎮《しず》まっていた。女はお弓ではなかった。

しかし赤六は嘘を言ったわけではなかった。俯いている女は、お弓に似ている。顔を挙げて浅次郎を見た。細いが黒眸《くろめ》がちの眼。きっと引き結んだような小さい唇。そして頰《ほお》から顎《あご》にかけてすっきりと瘦《や》せた線のあたりが、一瞬お弓かと思わせたほどだった。赤六の記憶は正確だった。

だがよくみると、女は二十四、五にはなっているようで、肌が白かった。お弓は地の肌が浅黒かったのである。それにお弓は陽気で、もの言いもにぎやかだったが、眼の前に坐っている女には、にじみ出るような暗さがある。

「昔知ってた女に、あんたが似てるというもんでね。なるほど似てらあ」

女は顔を挙げ、ぎごちない微笑を浮かべた。

「一杯もらおうか」

浅次郎は気分をほぐすために盃を取り上げた。だが女は、浅次郎の誘いに乗って来なかった。

「あの……」

女は俯いて言った。

「申しわけありません。あの、急いでおりますので」

浅次郎は鼻白んだ。だが、ちらと浅次郎を見た女の眼に、怯《おび》えのようなものが走るのをみると、すぐに納得《なっとく》がいった。女は帰りを急いでいるのだった。恐らく家の者には内緒できているのだろう。そう思わせる落ち着きを欠いた空気が、女の全身にまつわりついていた。

「いいよ」

と浅次郎は言った。

「先に寝てくれ。こっちは大急ぎで一杯やっちまおう」

手酌でぐいぐいと酒をあおった。少しは酒が入らないと抱く気になれないような、奇妙な固さが女にはある。

——これだからとうしろは厄介《やっかい》だぜ。

と思った。素人女などは、遊び倦《あ》きた旦那衆だから珍しがる。俺あ苦手《にがて》だと思った。だが不意に女の身体が匂った。女は夜具の脇に背をみせて蹲《うずくま》り帯を解いたところだった。半襦袢《じゅばん》と湯文字だけになった女が、静かに夜具の中に滑り込むのを眺めてから、浅次郎はまた盃をあおった。酒で身体が熱くなるのと一緒に、膨れ上がってくる欲望があった。腰紐《こしひも》にくびれた細い胴の下に、豊かに盛り上がっていた腰が、欲望をそそっていた。浅次郎は盃を措《お》いた。

女を抱いている間、浅次郎は火花をみるように、お弓のことを思い出していたようだ。眼を閉じ、微かに開いた口から洩れる控え目な喘《あえ》ぎ。ひそめる眉に、高輪の茶屋で抱いたお弓の顔が重なった。

女が出て行くのを、浅次郎は夜具の中で片肘ついて見送ったが、女の姿が消えると首をひねった。

——妙な女だったぜ。

と思ったのである。無口な女だった。床に入ってから、浅次郎は戯《ざ》れ言を言って、女の気持ちをほぐそうとしたが、女は黙って眼をつむっているだけだった。横たわった身体に、浅次郎はやがて荒々しい愛撫を加えたが、女は乱れなかった。声を出さず、終るころにつつましく燃えただけである。

「……………」

浅次郎は起き上がった。不意に女の正体が腑《ふ》に落ちた気がしたのである。

——武家の女だぜ、ありゃ。

と思った。行儀がよすぎた。部屋を出るとき、女はきちんと坐って「ありがとう存じました」と手をついたのである。武家の女が身体を売って悪いということはない。しかしよほどの事情があるに違いなかった。

浅次郎は気が滅入《めい》るのを感じた。ひとりの女に、ひどく理不尽《りふじん》な仕打ちをした、後味の悪い気持ちが残った。

下に降りると、赤六は火鉢の縁に肘を突いて、無表情に煙管《きせる》をくゆらしていた。赤六は酒を飲まない。女も好きでないようだった。浅次郎は、以前竹蔵に、赤六は女がいらない身体なのだ、と聞いたことがある。何を楽しみに金を溜《た》めているのか、と思うような男だった。

「どうだった、ぐあいは？」

赤六は浅次郎が坐ると、眼をのぞき込むようにして言った。赤六の顔に、眼をそむけるほどの好色な笑いが刻《きざ》まれている。

「いまのは、どういう素姓の女なんだい？」

と浅次郎は聞いた。だが、赤六はあっさり首を振った。

「知らないね。あたしはそういうことは女たちにまかしていて、一切聞かないことにしてるんだ」

「誰に聞けば解るんだい？」

「おいおい」

赤六は顔を引いて、じろりと浅次郎を見た。険《けわ》しい眼つきになっている。

「妙なことを言い出してくれちゃ困るんだな、浅次郎さん」

「何がだ？」

「あたしは危ない商売をしてるんだよ。どういう人間がどうつながって、などということを、お前さんに喋《しゃべ》るつもりはないよ。本所のお楽のことは、お前さんがあときあんまり思いつめた顔をしたから、つい仏心を出して教えた。だが後で散々《さんざん》後悔したよ。お楽とはあの後手を切った。怨《うら》まれたが、仕方ない。あれはお前さんのせいだよ」

「………」

「今夜の女がどこから来たか、なんてことは訊《き》かない方がいいよ。あたしも喋らないし、竹蔵も喋らない」

「なるほど。あくどい金を稼ぐには、それぐらい用心がいるわけだ」

浅次郎はせせら笑った。二両という法外な金を取られたことも癪《しゃく》にさわっている。

「なに、それほど知りてえわけじゃねえ。ただちょっと気になっただけだ」

浅次郎は手を差しあげて欠伸《あくび》をすると、投げやりな口調で言った。

「上玉だったぜ、うん」

十日ほど過ぎて、浅次郎は本所を歩いていた。浅草の奥山で二刻《ふたとき》（四時間）余りも矢場で遊んだ帰りだった。

赤六の家で会った女を思い出したのは、お楽の店がこの近所だな、と思ったときである。

大川端から竹町と北条相模守《さがみのかみ》下屋敷に挟まれた道に入った。道はすぐに北側が表町に、やがて北条家の屋敷塀が切れたところから、右側は番場町になるが、一度番場町の途中で左に曲る。曲った道は、真直《まっす》ぐ東久寺の門に突きあたる。表町は更に続いて、東久寺と、並びの景勝寺の門前に細長く道に沿って延びている。

お楽の髪結床は、その細長い町の真中あたりにあった。

「ああ、あの時の……」

お楽は浅次郎を忘れていて、しばらく警戒するように浅次郎の顔を見つめたが、以前お弓のことを訊ねに来た者だというと、漸《ようや》く思い出したようだった。

「それで、あの時の娘さんは見つかったのかい」

「いや、あれっきりでね。近頃はもう、諦めていまさ」

「気の毒だねえ」

ま、おかけよ。お茶を一杯いれるよ、とお楽は言った。客はなくて、ひまそうに見えた。お楽は三十半ばで、頬骨が張った長い顔をしている。色が黒かった。

「もう赤城屋の仕事はしてないんだってな」

浅次郎は客用の腰掛けに腰をおろして言った。

「あんたのおかげで、お払い箱さ」

「そうだってな。俺ア知らなかったぜ。気の毒したよ」

「なあーに、気に病むことはないんだよ」

お楽は薄笑いして言った。

「六助はやり手だからね。少ないんだよ、口銭《こうせん》が。こっちは気張っていい女を世話してやったのにさ。ほかんところはもっと呉れるよ」

お楽の口ぶりは、赤六から別の隠れ売女《ばいた》屋に鞍替《くらが》えしたことを示しているようだった。

「じつは一寸《ちょっと》聞きてえことがあって寄ったんだ」

「何だね？」

お楽はまた警戒するように浅次郎をみた。

「前のようなことはご免だよ。こっちは赤城屋が回してきた人だからと、あんたを信用して喋ったただけなのに、手を切るっていわれたんだからね。ひと、ばかにしてるよ」

「こないだ、赤六のところで妙な女に会ったんだ」

浅次郎は構わずにこの前のいきさつを話した。

「どうみても武家方の女だったぜ」

「別に珍しかないだろ。お武家さまって言ったところであんた、ぴんからきりまであるもんね。ちゃんとしたお屋敷のご新造《しんぞ》さんで、一升買いしている人をあたしゃ知ってんだから。お酒じゃないよ、お米の方だよ」

「赤城屋にそういう女を世話してんのは、ほかに誰がいるんだい？」

「あたしゃ知らないよ」

とお楽は言った。

「六助とは縁が切れたけど。たとえ知っててもこれは仲間うちの仁義でね。喋れないのさ」

浅次郎はすばやく用意していた小粒を握らせた。

「困るねえ、こういうことされちゃ」

お楽は言ったが、鼻紙に包んだ金は握りしめたままだった。

「あんたは素姓が知れてるからいいけど、よそに洩れたら、手が後に回るんだから」

お楽はなおも言ったが、口を噤《つぐ》んで顔をみている浅次郎を見返すと、根負《こん》けしたように声をひそめた。

「お鹿か、御船蔵前のおきの婆さんだね。訊くんならはっきりあたしの名前を出して、それからお金がいるね。それもよっぽどはずまないと、女の素姓なんて言いっこないよ。口の固いのが取り柄の商売なんだから」

「わかった。恩に着るぜ」

「だけど、あんたも気が多いね」

お楽の黒い顔が、不意に淫《みだ》らな笑いに崩れた。

「前の娘を探すのは諦めて、今度はその女に乗りかえようって算段だね。若いから無理ないやね」

「そんなわけじゃねえよ」

と浅次郎は言った。

「ただ気になるんで、素姓を知りてえだけさ」

三

五間堀に架かる伊予橋から、森下町の町筋がよく見える。六間堀町の方からその浪人が帰ってくる姿をみると、浅次郎は思い切って橋の欄干《らんかん》から身体を離した。一度擦《す》れ違ってから、旦那、と声をかけた。振り向いた浪人は、不審そうな眼で浅次郎を見た。穏やかな風貌の、三十前後の武士である。長身の中高《なかだか》のいい男振りをしている。

「それがしを、呼んだか」

「へい。恐れ入りますが、ちょっと」

こちらへと伊予橋まで誘った。

「旦那をおみかけして、失礼ですが、ちょっと思いついたことがござんして」

「何を思いついたな」

「ずばり申し上げましょう」

浅次郎は声をひそめた。

「ちょっとした金が入る口があるんでござんすが、いかがでしょう。ひと口乗っちゃくれませんか」

浪人は黙って浅次郎を見た。澄んだ生真面目そうな眼だった。

「いかがです？　話だけでも聞いちゃくれませんか。じつは旦那のような方を探してましたもんで」

「なるほど」

ふうと吐息《といき》をひとつ洩らしてから、浪人は苦笑した。

「みえるか。懐中豊かでないのが」

「いえいえ、とんでもござんせん」

浅次郎は手を振った。

「旦那のためじゃござんせん。じつはこないだ悪い奴にかかって、大損をしましてね。へい、ざっくばらんに申し上げますと、あっしは博奕打ちでござんすが、あるところでいかさまに引っかかりました。口惜しいが一人じゃどう足掻《あが》いても取り返すてえわけに参りませんもんで、へい」

「強請《ゆすり》に類する仕事かな」

「ま、そういうわけですが、悪いのは向うの方で」

「いかほどになるな？」

「ざっと五十両。それより少ねえてことはありませんや。あっしは十両だけ頂戴すりゃ、ようござんす」

浪人は鋭い眼で、浅次郎の顔を見つめている。浅次郎もその眼を見返した。

「町人、くわしい話を聞こうか」

やがて押し出すような口調で、浪人が言った。浅次郎は浪人を誘って、近くの飲み屋に入った。

尾州屋徳兵衛の賭場で、穴熊を咎《とが》める相談が、やがてまとまった。細かな手順もその場で決めた。賭場は、穴熊を始めると、三晩は続ける。その時期の見当が浅次郎にはついている。四、五日後に、徳兵衛はそれをやる筈《はず》だった。

「あっしは浅次郎というもんで。失礼ですが、旦那のお名前をうかがっておきましょうか」

「塚本伊織と申す」

浪人は几帳面《きちようめん》に名乗った。

伊予橋の手前で、浅次郎は塚本と別れた。

「それでは五日後の暮六ツ（午後六時）と決めましょう。その刻限に新高橋の際《きわ》でお待ちいたします。ようござんすね」

「心得た」

塚本はあっさり言った。度胸もありそうに見えた。

伊予橋を東に、浅次郎は渡った。小さな武家屋敷が続き、やがて左手に溝口主膳《みぞぐちしゆぜんの》正下《かみ》屋敷の長い土塀が見えてきた。

塚本伊織の名前も、塚本がどこに住んでいるかも浅次郎は初めから知っている。赤六の家で会った女が、塚本の家内だった。夫婦と子供一人が、五間堀端の森下町の裏店に住んでいた。五つになるその男の子が、難病持ちだった。喘息《ぜんそく》である。発作が起きると、夜も昼も苦しみ悶《もだ》えた。

「それでその子を、あたしんとこに担ぎ込んでみえたんだよ、ご新造さんがさ。医者にはかかっているんだけど、一たんはじまると、あれは医者も薬も間に合わない病人だからね。そんなだから、そりゃあ金がかかるんだよ。夫婦で傘張りや団扇《うちわ》作り、それに旦那が絵心があるとかで、団扇や凧《たこ》の絵を描くたってあんた、追っつくもんかね。薬代が滞《とどこお》って、医者がみてくれない、などと嘆くから、あたしゃ人助けのつもりで、六助のところに世話したんだよ」

御船蔵前町で、祈禱師《きとうし》をしているおきの婆さんは、浅次郎がお楽に言われたように金を摑ませると、立て板に水を流すように夫婦のことを喋ったのである。

おきの婆さんの話は、浅次郎の胸を塞《ふさ》いだ。それなら佐江という、お弓に似たあの女は、これからも赤六の家の二階で、たびたび好色な男たちに抱かれなくてはならないのだと思った。塚本の妻女の、微かな肉の顫《ふる》えが思い出され、浅次郎は自分もその好色な男たちの一人であることに、不意に耐え難い気がした。凌辱《りょうじょく》されるのが、塚本の妻女ではなく、お弓であるような感覚に襲われたのである。

塚本に話しかける機会を窺《うかが》ったのは、五日ほど経ってからである。その時には、塚本に徳兵衛の賭場で穴熊を咎めさせる腹が決まっていた。塚本は痩せても枯れても武士である。その咎めは、威《おど》しをかけるまでもなく、一発で決まるだろうという見込みが、浅次郎にはある。

――かなりまとまった金が入る。

じっくりと考えを練った末に、浅次郎はそう確信した。そのまとまった金で、いい医者にかけ、養生すれば、子供の病気はなおるかも知れない。そうすれば、塚本の妻女が、男たちの眼に肉を曝《さら》すことはないのだ、と思った。

おきの婆さんに聞いて、塚本夫婦が住んでいる森下町の裏店はすぐに解った。塚本伊織という浪人者も、ひと目みて解った。裏店から路に出てくる浪人が、二人も三人もいるわけもないが、それよりも伊織が、美貌の妻女に似つかわしい風貌をしていたからである。

細身だが背が高く、三日に一度大きな風呂敷包みを背負って長屋を出、六間堀の方に行く。卑下した風はなく、塚本は悠々と町を歩いた。そうした姿を、浅次郎は二度見送り、今度三度目に漸く声をかけたのである。

しかし中身はどこから眺めても町の無頼《ぶらい》が持ちかける話である。塚本の清潔な風貌からみて、一蹴《しゅう》される懸念があった。その心配のために、浅次郎は二度ためらったのである。

──よっぽど困っているんだな。

塚本がすぐ話に乗ってきたことは、むしろ浅次郎の気持ちを暗澹《あんたん》とさせた。土塀を過ぎると、また左右に武家屋敷が続き、日暮れの仄《ほの》暗い光が漂う道は、行き逢う人も稀《まれ》だった。

ふと浅次郎は立ち止まった。

──大事なことを聞き落としたぜ。

塚本伊織は剣術をどの程度遣《つか》うのだろうか、とふと思ったのである。尾州屋徳兵衛のまわりにいるのは、餓狼に似た男たちだった。三十両という大金を残らず吸い上げられた、商家の後とり風の若い男が、頭に血がのぼったらしく「いかさまだ」と喚《わめ》き、忽《たちま》ち虫の息になるまで叩きのめされたのを一度見ている。

塚本と組んでやろうとしている仕事は、危険な仕事だった。

四

五日経った日の夕刻。浅次郎は新高橋の橋袂《はしだもと》で塚本伊織を待った。

江戸の町並みの背後に日が落ちて、家々の壁にまつわりついているのは、すでに夜の色だった。西空の落ち際に、朱を溶《と》いたような夕焼けが残り、小名木川の暗い水面に映っている。川波はその朱色だけを弾《はじ》いてひとところ輝き揺れていた。路上をせわしなく往き来する人の顔だけが、ぼんやりと白い。

その黄昏《たそがれ》の中から、不意に塚本伊織が姿を現わした。

「待たせたな」

塚本は平静な声で言った。

「なあーに、ちょんの間でさ。じゃ参《めえ》りましょうか」

二人は橋を渡った。

右に扇橋町の家並みが続き、家々はほとんど戸を締めてしまっている。左側の亥の堀川の水音が鳴っている。

「旦那」

浅次郎は囁いた。

「ゆうべ様子を見に行きましたよ。やってましたぜ」

「そうか」

「打ち合わせた手順でやってもらいますぜ。あっしの合図をお忘れなく」

「解っておる」

二人はしばらく無言で歩いた。人が二人擦れ違った。

「怖かありませんかい、旦那」

と浅次郎は言った。薄闇の中で、塚本はちらと浅次郎を見たが、答えなかった。

「旦那は、その失礼ですが、やっとうのほうはお出来になるんで？」

塚本はまたちらと浅次郎の顔をみたが、やはり答えずに足を早めた。

薄闇の中を塚本はぐんぐん足を早めて行く。

「旦那」

気に障《さわ》ったことを言ったんなら、勘弁してくだせえ、と言いかけたとき、前方の薄闇に人影をみた。塚本が途中で立ち止まっている。

「あっしの言ったことが気に障りましたかい」

追いついた浅次郎が言ったとき、眼の前で塚本の身体が激しく動き、一瞬鈍い刀の光が薄闇の中にひらめいた。はっと思ったとき、塚本はもう刀を鞘《さや》に納めていた。

そのとき、横を擦れ違おうとした人影が、どっと地にのめった。腰が曲り、杖《つえ》を突いた老人だった。老爺は悲鳴を挙げて地面にもがいた。

「旦那、いけねえ」

浅次郎も悲鳴を挙げるように言った。塚本が老人を斬ったと思ったのである。だがその顔をみた浅次郎は息を呑んだ。塚本は薄闇の中でもはっきり解るほど、険しい表情をしている。

だがその表情は、すぐに緩《ゆる》んだ。

「済まなかった」

塚本は自分で老人を助け起こしていた。着ているものの埃《ほこり》をはたいてやりながら、

「その辺に杖のかわりになるものはないか。探してみてくれ」

と塚本は言った。

浅次郎は老人の杖を拾ってみた。背筋を冷たいものが走り抜けた気がした。よく磨いて艶《つや》が出ている固そうな杖が、鮮かな斬り口を見せて中ほどから両断されていた。杖を斬られたことに、老人は気がつかなかったのかも知れない、と浅次郎は思った。老人は塚本の身体が動いたあと、何気なく通り過ぎようとして、それから転んだように見えたのである。

浅次郎に剣術のことは解らないが、塚本の腕前が並みのものでないことだけは、ぼんやりと感じ取れた。

「凄《すげ》え腕前じゃありませんか」

川岸で拾った竹の棒を持たせて、老人と別れた後で、浅次郎は言った。塚本は微かな笑いを唇に刻んだだけで答えなかった。

——よっぽどこらえていなさることがあるんだな。

と浅次郎は思った。

さっきちらとみた塚本の表情の険しさが、浅次郎の眼に残っている。いきなり老人の杖を斬ったのも、これまでの穏やかな印象に似つかわしくなかった。何ものとも知れないものに、日頃の憤《いきどお》りをぶつけた感じがあった。

塚本に好意が動くのを、浅次郎は感じる。塚本の妻女のため、と思った初めの気持ちが、いつの間にか微妙に変質していた。

「旦那、うまくやって下さいよ。もうすぐそこでさ」

心からそう言った。

賭場は、二人が入っていったとき、もう熱っぽい空気になっていた。二人はさりげなく盆のまわりの人間に紛《まぎ》れ込んだ。

やがて、塚本は浅次郎が教えたとおり、少しずつ金を賭け始めた。最初はぎごちなかったが、やがて要領を呑み込んだらしく、手つきがうまくなった。打ち合わせたとおり、浅次郎の顔をみることもなく、落ちついた素振りだった。風体はどこから見ても年季の入った浪人者である。賭場の者で、塚本を妙な眼でみているものはいなかった。

浅次郎は小金を賭けながら、慎重に中盆と壺振りの様子を窺っていた。中盆の男は、始終顔に笑顔を絶やさない愛想のいい三十男だったが、口調は歯切れがよく、鮮かな手際で盆を仕切っている。壺振りはまだ若い男だった。眼に険があり、黙々と壺を振っているが、壺でいかさまをやるほどの腕はないようだった。

――だから穴熊なのだ、この賭場は。

と浅次郎は思った。浅次郎は、亀戸天神の近くにある大名下屋敷の中で、こっそり開かれていた賭場にもぐり込んだとき、凄腕の壺振りをみたことがある。四十過ぎのその壺振りは、痩せた小男で、裸になった胸に痛々しいほど高く肋骨《ろっこつ》が浮いていた。勝負の流れから、やがてその壺振りが七分賽を転がしていることが疑えなくなった。七分賽は、どう転がしても丁目か半目の一方の目しか出ないようにこしらえてある細工賽である。だが浅次郎がいくら眼を凝《こ》らしても、男のいかさまは見破れなかった。その男は、澄ました顔で並みの賽子《さいころ》二つ、いかさまの七分賽二つを、自在に操っていた。

中盆と壺振りのほかに、盆の両尻に若い者が二人、片膝を折って控えている。部屋の隅には徳兵衛がいて、そのまわりに、いつも見る顔の、賭場の男たち五、六人が坐っている。男たちは莨《たばこ》を喫《す》ったり、コマを数えたりしていた。コマは、盆の勝負で持ち金を使い果たした者が、金のかわりに胴元である徳兵衛に借りる金札である。このコマが頻繁に盆に持ち出されていく頃、勝負は白熱している。徳兵衛は酒を飲むでもなく、絶えず煙管《きせる》をくゆらせながら、まわりの男たちと短い言葉を交わしている。時どき顔を挙げて、鋭い眼で盆の方を眺めた。

何気ない風に、徳兵衛のそばにいた男が、ひょいと立ちあがった。すると次々と男たちが座を離れ、やがて盆のまわりを取り囲むように立った。浅次郎は眼の隅で、男たちの動きを把《とら》えている。

——穴熊を始めるつもりだ。

そう思ったとき、不意に全身にじっとりと汗がにじんでくるのを感じた。微かな恐怖に浅次郎は把えられている。

浅次郎は盆の向う側にいる塚本伊織をみた。塚本は熱心な眼で、盆の上の賭け金を眺めている。浅次郎が丁方に、塚本が半方に別れて同じ額の小金を賭けているので、損はしない仕掛けになっていた。

その平気な顔を眺めながら、浅次郎はいまひどく大それたことをしようとしている、という気がした。

が、このとき中盆の口調が微妙に変った。丁方、半方の賭け金を合わせる声が、僅かに疲れたように歯切れが悪くなっている。賭場は穴熊にとりかかっていた。

二勝負を見送って、浅次郎は始まった盆に一両を賭けた。それが塚本への合図だった。

壺振りが壺を伏せた。中盆の声がそれに続いて賭け金を催促する。

「丁方、半方揃いました。よござんすね」

中盆の男は左右に鋭い眼を配った。

「勝負！」

中盆の通し声が響くのと、

「待った」

という塚本の声が、それにかぶさったのが同時だった。壺振りは上げかけた壺を、あわてて上から押さえた。盆の動きが、不意に切断され、ざわめきが熄《や》んだ。盆のまわりで私語が交わされ、人々の眼が塚本に集まった。

「その壺、待った」

塚本は人々の注視を気にもかけないふうで悠然と言った。

——思ったよりも、度胸がある。

浅次郎はほっとしてそう思ったが、胸が轟《とどろ》いて、塚本の顔をまともに見られなかった。

「お客さん、何かご不審でも……」

愛想のいい中盆は、まだ眼に笑いを残したまま、胸を起こして塚本を見た。盆を差配《さはい》するのは中盆である。一応穏やかに塚本の言い分を受けとめる構えになったが、同時に後を振り向いて顎をしゃくった。中盆の後に立っていた男たちが、ゆっくりと盆を回って、塚本の方に近づいてゆく。

「いかにも不審だ」

塚本は、男たちが近づくのに眼を配りながら、からりとした口調で言った。

「この賭場は、平気でいかさまをやっているとみたが、それが売物か」

「なんだと！」

中盆の男の顔が一変した。「おい！」と、もう一度顎をしゃくった。男たちが駈け寄ったとき、塚本は立ちあがった。塚本はそのまま盆の上に上がると、不意に身を沈めた。蠟燭《ろうそく》の光に、一瞬刀身がきらめいて、壺がきれいに二つに割れている。

盆のまわりの人間がどっと立ち上がって逃げた。塚本に走り寄った男たちもその中に入っている。中盆だけがまだ坐っていた。中盆と片膝突いた塚本だけが、人の輪の真中に残された。

塚本は転がっている壺を、すばやく刃先で弾くと、刀身を逆手に持って、二つの賽子《さいころ》の上にかざした。

「どういうつもりだ、客人」

中盆は呻《うめ》くように言ったが、顔は血の気を失い、額に大粒の汗が滴《したた》った。

「それはこっちが言いたい科白《せりふ》だな」

塚本が低い声で応じた。塚本の刀は、真直ぐ仕掛けの穴を指している。床下に、まだ人間が蹲《うずくま》っていれば、刃先はその男を串刺《くしざ》しにする。そういう形だった。仮りに下の人間が気配を察して逃げたとしても、刀が突っ込まれれば、穴の仕掛けは一ぺんに割れてしまう。賭場は名状し難い騒ぎになり、そうなればこの賭場はおしまいだった。寄りつく客はいなくなる。

中盆は健気《けなげ》にこの場を切り抜けようとしていた。顔を塚本に突きつけるようにして、圧《お》し殺した声で凄んだ。

「ど素人が盆を汚ねえ足で踏みつけやがって。生きて帰れると思ってんのかい。刀を引きやがれ、おい」

「そんなことよりこの刀、突っ込んでいいのか」

うっと呻いて、中盆は額の汗を拭《ぬぐ》った。そのとき、不意に声がした。

「勝蔵」

徳兵衛が立ち上がっていた。勝蔵というのが、中盆の男の名前だった。救われたように徳兵衛をみて、「へい」と言った。

「そのお客さんは、何か勘違いをなさっているらしい。わしが言い分をお聞きしよう。こちらの部屋にご案内してくれ。丁寧にご案内しろ。それから今夜は盆をしまって、お客さんにお帰りを願った方がいい。明晩またおいで頂いて、気持ちよく遊んでもらう方がよかろう」

徳兵衛は言い捨てると、賭場を出て行った。

五

賭場の人間に見送られて、浅次郎は一番最後に外に出た。秋の夜のように、冴《さ》えた月の光が、町を取り巻いている掘割の水を照らし、その中に浮いている木材の背に、くっきりと黒い影を添えている。一団になって話しながら帰る賭場の客から、少しずつ遅れて、崎川橋を渡ったところで浅次郎は足を停めた。前を行く人たちは、もう七、八間も離れていて、浅次郎を振り返る者はいなかった。

浅次郎は、亥の堀川の東にひろがる、十万坪の草地を眺め、いまたどってきた掘割沿いの茂森町の方角を眺めた。疎《まば》らな人家が、灯《ひ》の色もなく、月の下に黒く蹲っている。

塚本伊織の姿は、まだ見えない。

徳兵衛の賭場で塚本が見せた度胸は、出来過ぎだ、と思ったほどだった。それを見たため、浅次郎は、塚本を賭場に残してくるとき何の心配もしなかったのだが、茂森町の東際に白く伸びている夜道が、ひっそりしたままなのを見ているうちに、微かな不安が胸に兆《きざ》してくるようだった。餓狼の棲《す》み家《か》に、塚本ひとりを残してきた、という気持ちが膨れ上がってくる。

戻って様子をみようか、と思い、橋をわたりかけたとき、町の角に人影が見えた。

ゆっくりした足どりだったが、近づいたのをみると塚本だった。

「旦那、心配しましたぜ」

浅次郎がほっとしたように声を高めたのに、塚本は寄ってくると「しッ」と言った。

「送り狼だ。ちょっと面倒なことになるから、そのあたりに隠れていてくれ」

塚本は囁くと、すぐ右手に亥の堀川を渡って、十万坪の空地に行く大栄橋を渡った。ぎょっとして浅次郎は橋を離れ、道端にある材木置場に飛び込んだ。置場は久永町で一番構えの大きい、橘屋という材木問屋の所有である。見渡す限り積み並べてある杉材の間に、浅次郎が身をひそめたとき、橋板を踏み鳴らして駈けてきた数人の男たちが、脇目も振らず今度は大栄橋を渡って十万坪の方に駈け抜けた。

——いけねえ。旦那がやられる。

浅次郎は懐を探って匕首《あいくち》を摑《つか》み出すと、材木くさい置場から飛び出した。身体が燃え上がったようにかっと熱くなり、ひとりでに足が動き、恐怖を忘れていた。

橋を渡ると、塚本の姿と、塚本を半円に取り囲んだ男たちが見え、男たちの動きにつれて、手にしている刀が無気味に光って浅次郎の眼を射た。塚本は十枚ほどの、乱雑に積み上げてある切り石を背に、刀を構えている。

男たちの背後に駈け寄りながら、浅次郎は叫んだ。

「旦那、加勢しますぜ」

「加勢はいらん」

塚本が大きな声で言った。

「離れておれ」

落ちついた声だった。この問答がきっかけになった。男たちは怒号して塚本に殺到し、そのうちの一人が、身をひるがえすと浅次郎に向って走り寄ってきた。

髭面の獰猛《どうもう》な男だった。男は片手に高だかと刀を振りかざしている。浅次郎は、匕首を構えて一たんは男を迎えうつ姿勢になったが、次の瞬間逃げ出していた。腹の底から突き上げてくる恐怖のために、逃げる足が宙に浮いたように、心もとなく軽い。草の間を走り回り、足がまた塚本が斬り合っている方に向いたのも、恐怖のせいだった。執拗《しつよう》な足音が後につきまとってくる。

前方から塚本が走ってくるのが見えた。

「旦那！」

叫んだつもりだったが、浅次郎の口から洩れたのは異様な喉声《のどごえ》だけだった。足に草が絡《から》みついた、と思ったとき、浅次郎の身体は勢いよく前に傾き、その姿勢のまま三間も前にのめって、顔から先に草の間に突っ込んでいた。

手から匕首が飛んだ。倒れたまま本能的に身体を回し、手を挙げて殺到してくる男を防ごうとしたとき、浅次郎の上を黒いものがふわりと飛び過ぎた。

刀と刀が撃ち合う音がし、続いてどさりと人の倒れる音がした。

「怪我したか」

塚本の声がした。さすがに息を切らしている。浅次郎は立ち上がった。倒れるときすりむいたらしく、顔と手首のあたりがひりひりしたが、ほかは何ともなかった。夢から覚めたように、浅次郎はあたりを見回した。月の光の中に、立っているのは塚本と浅次郎だけだった。草の中に点々と男たちが倒れている。まだ呻き声を挙げて動いている男もいた。

「心配するな」

塚本は微かに笑いを含んだ声で言った。浅次郎の顔に浮かんだ怯えを、すばやく読みとったようだった。

「峰打ちにしてある。怪我はさせたが斬ってはおらん」

「凄えや、旦那」

浅次郎は思わず言った。

二人は十万坪の空地を抜けて、亥の堀川の岸に戻った。

「さてと……」

塚本は立ち止まると、懐から包みを取り出した。

「重いもんだな。金もこのぐらいになると。持ち慣《な》れておらんから、よけいに重い」

「徳兵衛はいくら出しましたんで？」

好奇心に駆られて浅次郎は訊いた。

「お前が言ったとおりだ。くれぐれも内聞に、と言って、これだけ出した」

みてくれ、と言って塚本は掌を突き出した。二十五両包み、俗にいう切餅《きりもち》が二つ乗っている。

「出したのは油断させるつもりだったのか。それとも後で惜しくなって、追いかけさせたものかな」

塚本は静かな笑い声を立てた。

「こちらも、一たん頂いたものは返すわけにいかん。少々やましい気はするがな」

「なあに、気に病むことなんざ、これっぽちもありませんや。あくどい真似をして、客から巻き上げた悪銭ですぜ」

「そう思ってやった仕事だが、後味はあまりよくないぞ」

塚本は生真面目《きまじめ》な表情になって言った。

「山分けでよろしいか」

塚本は切餅ひとつを浅次郎に差し出した。

「とんでもねえ」

浅次郎は身体を引いた。

「あっしはただ手引きしただけですぜ。こんなに頂くわけはありませんや。前に十両などと言いましたが、なに、片手も頂けば十分でさ」

「そういうわけにはいかん」

塚本はいよいよ真面目な顔で言った。

「お前がお膳立てしてくれたので、入ってきた金だ。山分けと致そう」

「ま、歩きながら話しましょうや」

浅次郎は十万坪の方をちらと眺めて言った。

「どうも薄気味悪くていけねえ」

「案外に臆病だの」

「ざまあありませんや。さっきだって、旦那に迷惑かけるために、飛び込んで行ったようなもんで」

二人は少し急ぎ足に、亥の堀川に沿って新高橋の方に歩いた。

「旦那」

浅次郎は陽気な声を張り上げた。万事うまく行った気持ちの弾みがある。これでこの感じのいい浪人も、あの痛々しい感じの妻女もひと息つけることになったと思った。

「橋を越えたあたりで、ちくと一ぺえやりましょうや」

「うむ。そう致そう」

橋の手前で、塚本伊織が足をとめた。釣られて、浅次郎も立ち止まった。

「どうかしましたかい」

「町人」

伊織は浅次郎の顔をじっと見つめていた。

「どうも解《げ》せぬところがある」

「なんでござんす？」

「いまだから申すが、今度の話を聞いたとき、お前の言うことをすっかり信用したわけではない」

「………」

「だが卑《いや》しい話だが、少々金が欲しいのでな。お前の話に乗ってみた。あとはどうなるにしろ、その場で勝負してみるつもりだった。ところが案外すんなりと金が入ってきた」

「………」

「正直に申すとな、いま懐に五十両の金があるのが信じられんのだ」

「信用してくだせえ」

と浅次郎は言った。

「間違えなく、その金は旦那のものですぜ」

「それ、それ」

と塚本は言った。

「解せんのはそこだ、町人」

「へ？」

「お前も金がいるので、この話を持ち込んだかと思ったが、金はいらんという。結局わしだけが得をする勘定だ」

「……………」

「何ぞ裏があるのか」

浅次郎はぎょっとした。あわてて手を振った。

「裏だなんて、とんでもねえ」

浅次郎は懸命に言った。

「旦那に話を持ちかけたとき、あっしは言った筈ですぜ。あの賭場で、一度ひでえ目にあってるって。その仕返しをしたかっただけでさ、へい。ただきっぱりしたかったんで」

「……」

「金だって頂きますよ。あの時五両やられてますからね。五両は頂こうじゃありませんか」

「それでいいのか」

塚本はなおもじっと浅次郎の顔をみた。それから太い息を吐き出しながら言った。

「いや、助かる」

六

浅次郎が永倉町の赤六の家を訪ねたのは、秋も終りの十月の半ばだった。

「いい女はいねえかい」

浅次郎は茶の間に上がると、赤六に言った。赤六は春に来たときと同じように、息苦しいほど肥った身体を、長火鉢の前に据《す》えて莨《たばこ》を喫っていた。赤六は首をもたげてうさんくさそうに浅次郎をみた。

「金はあるんだろうな」

「けっ、初めて顔を出したわけじゃねえぜ。金を持たずにくるわけがねえじゃねえか」

小梅村の真盛寺脇に、山吉という旗本の隠居屋敷がある。屋敷は数年使われたことがなく、中ノ郷元町に住む藤蔵という博奕打ちの息がかかった賭場になっていた。木場に行けなくなった浅次郎は、近頃その賭場に入りびたっている。ここ二、三日つきまくって、懐は暖かい。

「がっぽり持ってるぜ」

「そいつは結構だね」

赤六は相好《そうごう》を崩した。

「それじゃ、少し金が張るが、あの女を呼ぶか」

「……？」

「あの女だよ。忘れたかね、あんたが探している女に似てるって女がいただろうが」

浅次郎は眼を瞠《みは》った。赤六は塚本の妻女佐江のことを言っていた。

「そのへんの女房ふうにつくっているが、あれはちっと身分のある女なのよ。あんたには言わなかったがな。そういうことは言わなくとも解るらしくてな。いまじゃいい客がついて、この家で一番の売れっ子ぶりよ」

浅次郎の頭は混乱していた。塚本と一緒になってやったあの仕事は、何の役にも立たなかったのだろうか。それともおきの婆さんがまるっきりでたらめなことを喋ったというのか。浅次郎は慎重に聞いた。

「思い出したが、あの女はあれからずーっと来ているのかい」

「そうだな。ふた月ほど姿を見せなかったかな。こちらが気を揉《も》んだ頃に、また来はじめて近頃は大へんな稼ぎっぷりだ」

「……」

「どうだい？　呼んでみるか。ちっと値段が張って、三両出さないと来ないがね」

「呼んでくれ」

と浅次郎は言った。赤六は前金を催促し、浅次郎が出した金を、すばやくそばに置いてある手文庫にしまい込むと、手を叩いて竹蔵を呼んだ。

酒を支度してくれ、と言って浅次郎は二階に上がった。すぐに竹蔵が上がってきて、甲斐《かい》がいしく夜具をのべ、一たん降りてまた酒を運んできた。

「外は寒いぜ。ぐっと引っかけてから行ってきてくれ」

浅次郎が盃を差すと、竹蔵は満面に笑いを浮かべて膝を揃えた。竹蔵の鼻は、赤く酒やけし、浅次郎が注《つ》いだ酒を三杯、滴《しずく》も余さず飲んでから立ち上がった。

「ごちそうさんでした、旦那。それじゃちょんの間、待っていてくだせえ」

竹蔵は年寄に似ない軽い身ごなしで部屋を出て行った。

盃をあけながら、浅次郎は、

――どういう仕掛けになっているのだ。

と思った。

塚本伊織と、徳兵衛の賭場を掻きまわしたのは四月である。それからひと月ほどして、浅次郎は御船蔵前のおきの婆さんを訪ねて、塚本の妻女の様子を探っている。

「知らないよ、そんな人は」

おきのは初めそう言い、浅次郎の顔を、一度も会ったこともないような眼で眺めたが、浅次郎がすばやくおひねりを渡すと、たちまち裏表をひっくり返したような、愛想のいい口調に変った。

「追っかけたって駄目さね。あの人はやめちまったんだよ。もともとお武家のご新造さんだからね、長続きはしないとあたしゃ睨《にら》んでいたのさ」

それを聞いたとき、浅次郎を襲ったのは、深い安堵《あんど》だった。その気持ちに、僅かの嘘も混っていないことが、浅次郎をさらにいい気分にした。

——そうとも。あの人はそんなことをやってちゃいけねえのさ。

と、その時思ったのである。それがどういうわけで、また赤六の家に出入りすることになったのか。本人がくるまでは信じられねえ、と浅次郎は少し酔いが回ってきた頭で思った。

「お待たせしました」

不意に声がして、振り向いた浅次郎の眼に、紛れもない塚本の妻女佐江の姿が映った。佐江は頬から顎にかけて、ふっくらと肉がついたように見える。だが引き結んだ小さな唇、きらめくような黒眸《くろめ》は変らず、なぜか前に見たときよりも若やいでいるようにさえ見えた。

浅次郎は声が出なかった。やってきたのが確かに佐江なら、問いつめなければならないことがある、とちらと考えたが、そう思っただけだった。気まずい感じのまま、盃を含んだ。

その背後で、帯を解く音がした。そして女の身体の香が鼻を搏《う》った。その匂いの中で、浅次郎はそれまで身体を縛っていた分別のようなものが、みるみる脱落し、そのあとを欲望が満たし、際限もなく膨れ上がるのを感じた。盃を捨てて、浅次郎は女が横たわっている床に寄って行った。

浅次郎を夜具の中に迎えると、女は眼をつぶったまま、すぐに手足を絡ませてきた。うっすらと上気している顔が、浅次郎の欲望を掻き立て、浅次郎は女の首を抱くと唇を探った。すると女は、吸いつくように身体を寄せてきた。

それからのひとときを、浅次郎は狂った。浅次郎の愛撫に、女は鋭い反応を返し、幾度か高い声を挙げた。惜し気もなく豊かな肌を曝し、男の淫らな誘いを、ひとつとして拒《こば》まなかったのである。汗ばんだ膚《はだ》を合わせているのは紛れもない一人の娼《しょう》婦《ふ》だった。

半刻《はんとき》後。女が襖ぎわでつつましく頭を下げて部屋を出て行くのを、浅次郎はぼんやり見送ったが、不意に弾かれたように起き上がると着物を着た。

外へ出ると、浅次郎は小走りに永倉町を南に走った。町端《はず》れの四辻《よつつじ》で左右を見たが、女の姿は見えなかった。浅次郎はさらに、南に武家屋敷が左右に並んでいる通りに走り込んだ。前方から歩いてきた男が、驚いたように塀ぎわに身体を寄せて、浅次郎を見送った。南の空に寒ざむとした半月が懸かっていて、路はほのかな光に浮かび上がっている。

「冗談じゃねえや」

走りながら、浅次郎は呟《つぶや》いた。あれじゃまるっきり淫売じゃないか、と思った。消えた欲望と入れ替るように、腹立たしい思いが心を占め、浅次郎をやりきれなくしている。亭主はどうなるのだ、子供はどうなったんだと思った。追いついて、一体どういう仕掛けになっているのか、ひと言女に問い訊《ただ》すつもりだった。

花町の角に出たとき、三ノ橋の方に向う女の姿を見た。浅次郎は走るのをやめ、足を早めた。橋のきわで、女の背に五間ほどの距離まで追いついた。

足音に気づいたように、女が振り返った。振り返ったまま、どうしたのか女はそのまま立ち止まってしまった。思わず浅次郎も足をとめた。

それから起こったことを、浅次郎は身体が凍りついたように茫然とみているしかなかった。

　立ち止まった浅次郎の脇を、音もなく追い越した人影があった。黒い人影は、そのまま三ノ橋に踏み込むと、抜き打ちに女の上に白刃を振りおろしていた。声もなく女が黒い影にしがみつき、そのままもたれかかるように、ずるずると板橋に崩れ落ちたのが見えた。叫び声も、呻き声も浅次郎は聞かなかった。

「町人」

　刀を下げたまま、黒い影が近づいてきた。塚本伊織だった。

　――斬られる。

　と浅次郎は思った。

「お前も、この女と寝たか」

「へい」

　浅次郎は顫《ふる》える歯を噛《か》みしめて、辛うじて答えた。

「申しわけござんせん、旦那」

「お前が悪いわけでない。悪いのはこの女だ」

　塚本は暗い声で言った。月明りを背にして、表情は見えなかった。

「だが、二度とわしの前に顔を出すな。今度出会ったときは斬る」

　塚本は言うと、くるりと背を向け、橋に戻るとしゃがみ込んで、倒れている佐江の身体を抱き起こし、軽がると背負った。

「旦那」

浅次郎は橋に駈け上がった。血の匂いが鼻を衝《つ》いてきた。板橋は夥《おびただ》しい血に黒く染まっている。

「斬っちまったんですかい」

言ったとき、浅次郎は不意に涙がこみ上げてくるのを感じた。涙声で言った。

「何も殺さなくとも、よかったんじゃありませんかい。むごいことをなさる」

歩きかけていた塚本が、ゆっくりと振り返った。

「これは、わしに斬られる日を待っていたのだ」

「そんな、ばかなことがありますかい」

「これのしていることを、わしは薄うす感づいていたが、知らぬふりをした。そのときにあの金が入った。子供はぐあいがよくなっての。近頃は医者もいらんほどになっている。これで終りだと思った。ところがひと月ほど前のことだ」

「……」

「これはある夜、淫売のように振舞った。ように、ではない。わしが抱いたのは、一人の淫売女だった。そのことに、これ自身は気づいておらなかったようだ」

「……」

「何が始まったかはすぐに解った。何度か折檻《せっかん》したのだ、町人。これは、それでもわしの眼を盗んで、あるときは用事をこしらえて、夜の町に出た」

「……」

「これはもう、わしの妻ではなかった。だがこうして漸くわしの手に戻ってきた。これでよい」

「……」

「さらばだ、町人」

塚本はゆっくり歩き出していた。その高い背から垂れた佐江の手足が、足の運びにつれてゆっくり揺れるのを、浅次郎は放心したように見送った。

奇妙に心を誘う物音が、遠くから聞こえていた。横川べりをぼんやり歩いてきた浅次郎は、法恩寺橋まできて、その物音が不意に轟きわたって身を包むのを感じた。

——御命講《おめいこう》か。

すると今日は十月の十三日だと思った。音は橋を渡って左側にある法恩寺で打ち鳴らす団扇《うちわ》太鼓だった。潮騒《しおざい》のような題目の声も、橋まで聞こえてくる。

橋の上は人の往来でごった返している。浅次郎はいつの間にか、その人混《ご》みに巻き込まれ、寺の門前の方に運ばれていた。

法恩寺の境内は万燈《まんどう》を懸けつらね、その真昼のように明るい光の中を、ぎっしりと混んだ人が動いていた。門の前には屋台が並び、喰い物、水飴《みずあめ》、手拭いなどを声張り上げて売っていたが、その声も寺の本堂を中心に、湧き起こる題目の声に消されがちだった。

門を入ってすぐ右にある石燈籠の下で、浅次郎は往き来する人の群をぼんやり眺めていたが、その眼がふと一点に吸いついた。

男の腕に縋《すが》って、一人の女が門を入ってきたところだった。女は前からきた人波に押し返され、顔をしかめて男の腕に取り縋ったが、人波が過ぎると男の顔を見上げて、何か言い笑いかけた。頰から顎にかけて、形よく引き緊まった細面《ほそおもて》。細い眼。背丈から浅黒い丈夫そうな肌の色まで、それはお弓に違いないと思われた。

連れの男は長身で、骨格のしっかりした若者だった。印半纏《しるしばんてん》を着ていて、職人のように見える。男は耳に片手をあて、身をかがめてお弓の声を聞き取ろうとしている。やさしげなしぐさに見えた。

人波に揉まれて、男とお弓は浅次郎の方に寄ってきた。手を差し出せば触れる距離を、いまは確かにお弓に違いないと思われる、女の横顔がゆっくり通りすぎた。

浅次郎は動かなかった。浅次郎は、その女の横顔に、一瞬塚本の妻女佐江の面影を重ねてみただけだった。

耳に轟いて、題目の声が続いていた。

しぶとい連中

一

熊蔵は足をとめた。横川堀にかかる北中之橋の手前である。

へべれけに酔って、立ち止まっても足もとがふらついていたが、川岸の人影がこれから何をしようとしているかは解った。人影は三つで、母親らしい女が、石を拾って袂《たもと》に入れている。その袂に、両方から子供が二人ぶら下がっている。月が明るくてよく見えた。立ち止まった熊蔵には気づかない様子である。

——月夜に身投げする、かね。

熊蔵の酔った頭に、いろは哥留多《かるた》の月夜に釜をぬくという文句が、ひょいと浮かび上がった。

だが、哥留多の文句などは、この際どうでもいいのだ、と一瞬酔いが醒《さ》めた気分になった。

「おい」

忍びよると、熊蔵は声をかけた。そっと言ったはずだが、あたりにひびくどら声になった。ぴくりと女が振り向いた。熊蔵をみて、女は少し後じさるように身構えたが、不意に子供たちを抱きよせると、水面に身を躍《おど》らせようとした。とっさに熊蔵は女の腰あたりにしがみついた。

「やめなって。くだらねえことは」

息をはずませて、熊蔵は言った。

「放して下さい。お願い」

「放せだと？　馬鹿野郎め」

熊蔵はもがく女をずるずると道の中ほどまで引き戻した。子供たちも一緒についてきた。みると、犬の子のように紐《ひも》で母親につながれている。

熊蔵はいきなり母親の頬《ほお》を一発張った。

「この気違えあま！　てめえが何をしようとしたか解ってんのかい」

「死なせて下さい。お願いだから、あたしらに構わないで」

熊蔵にむしゃぶりついて、女は泣きわめいた。すると二人の子供も声をかぎりに泣き出した。

「やかましい！」

熊蔵は怒鳴った。熊蔵は子供の泣き声が大嫌いである。腹が空いたり、親に折檻《せっかん》されたり、喧嘩《けんか》に負けたりして子供が泣く。どの泣き声も嫌いだった。そばで子供が泣いているのに、平気で立ち話などしている母親を見ると、殴りつけたくなる。子供の泣き声は、日頃は忘れているある情景を思い出させる。ある日女房が、家を出て行った。片手に子供の手をひき、片手に風呂敷包みを持っていた。女房は、もう他人の顔になっていたが、子供はそうではなかった。姿が見えなくなっても、細々と泣き声が聞こえた。何年も前のことである。それっきり、二人には会っていない。どこにいるかも知らない。ただその時の子供の泣き声だけが、耳の奥に残っているだけである。

熊蔵の凄い剣幕に、母子はびっくりしたように泣くのをやめた。三人とも、まじまじと熊蔵の顔を眺めた。

そのときになって、母親は初めて熊蔵の人相の悪さに気づいたようだった。子供たちを後手にかばって、少し後じさるようにした。熊蔵は、背は幾分低めだが、肩幅があり、固肥《かたぶと》りのいい身体をしている。だが濃い眉毛の下はぎょろ目で、鼻はしっかりと胡坐《あぐら》をかいている。大きな口の回りは無精髭《ぶしょうひげ》に埋まっていた。

それだけなら愛嬌《あいきょう》に乏《とぼ》しい顔で済むのだが、頬に抉《えぐ》ったような刃物の傷がある。この傷は、日頃熊蔵の商売に役立っているのだが、これがあるために、人相は一ぺんに悪くなって、ほとんど兇悪《きょうあく》な顔に見える。

「どうしても飛び込むってえなら……」

熊蔵は顔の前に人差し指を立ててみせた。

「一人でやりな。ガキまで道連れにすることはねえだろ」

「……」

「子供なんてものはな」

ウイッと熊蔵は酒臭いおくびを洩《も》らした。

「犬ころのようにほっといても、ひとりで育つものなのだ」

「……」

「何でい。紐なんかでつなぎやがってよ」

熊蔵はしゃがむと、立ち竦《すく》んでいる母子から、苦労して紐を解いた。途中でよろめいて一度尻餅をついたが、今度は子供の懐に手を入れて石を取り出し、母親の袂からも石を出して川に投げた。

「何でい。ご大層に石なんぞ詰めやがって」

ひょろりと立ち上がると、母親の顔をねめつけた。

「どうだ、あま。まだ飛び込むつもりか」

女は無言で俯《うつむ》いている。

「亭主に捨てられたか、長屋を追ん出されたか、そりゃ死にてえほどの事情があるだろうよ。だが命を粗末にしちゃいけねえや。一晩寝て、喰うものを喰ってよ。とっくりと考えてみな」

「…………」

「言うな。何も言うんじゃねえ。ほらよ」

熊蔵は財布をだすと、小粒を三つほど摑《つか》み出した。二人の子供が手もとをのぞき込むのを邪険に払って、財布をしまうと小粒を母親に握らせた。

「これであったけえ蕎麦《そば》でも喰ってよ、といっても、この時刻じゃ蕎麦屋はしまったか。何か喰って、家がねえなら、どっか宿見つけて泊りな」

熊蔵は背を向けて歩き出した。身体を動かしたせいか、さっきよりよけい酔いが回った気がした。とくとくと身体を走り回る血の音が聞こえる。

橋の途中で振り向くと、母子がこっちを向いているのが見えた。

「あばよ」

熊蔵は上機嫌で手を振った。今日は帰りに寄った賭場《とば》で久しぶりに目が出て、懐はあたたかい。途中で飲んだ酒はうまかったし、その上、人助けまでした。上々吉の日だったと思う。あとは兆《きざ》してきた眠気にさからわずに家までたどりつき、布団に潜《もぐ》りこめばいい。

人影もない町を月が照らしているが、四月の夜気は暑くも寒くもなく、酔った身体をほどよく包んでくる。まだ多少足がもつれるがこれも悪い気分ではない。熊蔵は満ち足りた気持ちで、横川の岸を北に足を運んだ。

足音に気づいたのは、川端を清水町と新坂町の境目まで来たときだった。

何気なく振り向いた熊蔵は、ぎょっとして眼を剝《む》いた。二間ほど離れたところに、立ち止まっている大小三つの人影は、さっきの身投げ親子である。熊蔵に見られて立ち止まったところをみると、後を跟《つ》けてきたとしか思えない。

——跟けてきた？

変にしつこいものにからみつかれたようないやな感じがした。せっかくの楽しい気分に影がさしたようである。

「何だ、お前ら」

威嚇《いかく》するように熊蔵は言ってみた。

「俺の後を跟けてどうするつもりだ、え？」

母子は黙ったまま、じっと熊蔵を見ている。熊蔵はいらいらした。

「もう金なんざ、ねえぞ。さっきお前らにやっておしめえだ。とんだ散財だ。失《う》せろ。これ以上ついてきても何にもねえぞ」

真正面から月に照らされて、熊蔵の悪人面はまともに見えているはずだが、三人は動く様子がない。黙って立っている。子供二人は手をつないでいた。三人の表情は陰になっていてよく見えなかった。

「解ったな。俺はこれ以上お前らにかかわり合う気はねえのだ。ついてきても無駄だ。消えろ」

熊蔵は言って踵《きびす》を返した。

清水町の角を曲って熊蔵は脇目も振らずに歩いた。清水町から吉田町にかかるところで気になって後を振り返ったが、人影は見えなかった。

――帰っちまったらしいな。

ほっとしたとき、前に立ち塞《ふさ》がった男が、

「旦那」と言った。

「ご機嫌のようで。ヘッヘ」

「機嫌なんぞよくねえよ」

「いい娘《こ》がいますぜ」

瘦せた四十恰好《かっこう》の男は、すばやく熊蔵にすり寄ると囁《ささや》いた。

「旦那、ほんとに運がよかった。今夜は飛びきりの上玉《じょうだま》が揃っているんでさ。肌は不二《ふじ》の白雪、乳なんざまるで搗《つ》きたての餅……」

「よしな」

熊蔵は、空地にある夜鷹《よたか》の小屋掛けを、ちらと見て言った。

「おめえ何年ぎゅうをやってるんだい。俺は土地の者だぜ。女を抱きたきゃ、おめえの口上なんざ聞かなくともさっさと自分で見当つけてくらあ」

「お見それしました。もう何にも言うことなし」

男はぱんと威勢よく手を拍《う》った。

「さ、こちら。旦那こちら」

「今夜はその気はねえよ」

漸《ようや》く男を振り切ったとき、熊蔵はまた眼を剝いた。さっきの三人連れが、すぐそばまで来ていて、熊蔵と男のやりとりをじっと見ている。

「お前ら」

とりあえず言ったが、熊蔵は絶句した。怒りで眼が昏《くら》んだようになっている。いまはこの連中が、だにのように熊蔵を跟《つ》け回していることは明らかだった。身投げを助けるなどと、めったにないいことをしたのに、そのお礼がこれだと思った。怒りの中に、ひどく理不尽な仕打ちを受けているような、情けない気分がある。こんなうす汚い母子につきまとわれるのは真っ平だった。

「お前ら、な」

熊蔵は、わなわなと身体を顫《ふる》わせながら、押さえた声で言った。

「何で俺の後を跟けてくる、え？　飯を喰うだけの金をやった。よそに泊れるだけの金をやった。それでお前らとは縁が切れたのだ。え？　そうだろ」

「……」

「ついてくるなって。一体この上、何が欲しくて、俺の尻を追い回すんだ、お前ら」

大きな声は出せなかった。今度はぎゅうが熊蔵と母子を見ている。それにこの深夜に怒鳴ったりすれば、あちこちの小屋掛けから、夜鷹や客が集まってくるだろう。騒ぎになる。

「さ、帰ってくれ。どこでもいいから、俺から見えねえところに行ってくれ」

懇願《こんがん》するように熊蔵は言った。二人の子供はぽかんと口を開けて、熊蔵を見上げている。母親は黙って俯いている。

その姿を見ると、熊蔵は得体《えたい》の知れないものに取りつかれてしまったような、いやな気分になった。

「ともかく、な」

熊蔵は嚙《か》んで含める口調で言った。

「こんなことは、このへんでおしまいにしてくれ。解ったな。解ってくれたな」

熊蔵は歩き出した。熊蔵が住む裏店《うらだな》は、吉岡町一丁目にある。二丁目の角を曲るとき、ひょいと後を向くと、母子がいた。

「しッ、しッ」

熊蔵は犬の子を追うように手を振った。すると、子供たちが顔を見合わせて嬉しそうに笑い出した。熊蔵にかまってもらったと思っているらしい。きゃっきゃと陽気な笑い声だった。肩のあたりに、どっと疲労が落ちかかってくるのを熊蔵は感じる。実際やり切れない気がしていた。

熊蔵は走り出した。家に駈けこむと、戸を閉めて、しっかりと手で押さえながら、荒い呼吸を吐いた。そうしながら、板戸に耳をつけて外の様子を窺《うかが》ったが、足音のようなものは聞こえなかった。

「ふん。ひでえ目にあったぜ。なんだ、あいつら」

呟《つぶや》いて、漸く戸から手を離した。手探りで台所に這《は》い上がると、甕《かめ》から水を掬《すく》って飲んだ。それから茶の間に入ると、灯《ひ》もつけずに敷きっぱなしの布団に潜りこんだ。

残っている酔いと、奇妙な疲労と、あのしつこい母子から逃れた安堵が、たちまち快い眠気を運んでくる。大きな欠伸《あくび》をしたとき、熊蔵はもう半眼になっていた。間もなく熊蔵はいびきの音を立てはじめた。

まるでその音が始まるのを待っていたように、熊蔵の家の表戸がそろそろと開いた。女の首が、外から中を窺ったが、やがて大小三つの人影が家の中に滑り込んだ。

熊蔵は気がつかない。障子が震えるような大いびきをかいて、眠りこけている。

二

翌朝、妙に騒々しい気配に、熊蔵は眼ざめた。布団の中で首をひねったが、やがて、がばと起き上がった。昨夜のことを思い出したのである。

物音は明らかに家の中だった。きゃっ、きゃっと子供たちが笑っている。どたばたと足音が煩《うるさ》いのは、上がり框《がまち》と、続きの台所との狭い板の間を、子供たちが走り回っている様子だった。おまけに飯を炊《た》く香ばしい匂いまでしている。

――あの女だ。

熊蔵はかっとなった。野郎、とうとう家の中まで入りこんで来やがった。

起き上がると、熊蔵は荒々しく障子を開いた。騒いでいた子供たちが、走り回るのをやめて熊蔵を見つめた。真黒な顔をした男の子と女の子である。男の子が五つぐらい、女の子は三つぐらいのちびだった。

二人とも怯《おび》えている顔ではない。ゆうべのおじさんが、何を言い出すか待っているといった感じで、好奇心をむき出しにくりくりと眼を動かしている。女の子などは、面白いことを言ったら早速笑い出すつもりで、早くも口もとをゆるめている。

熊蔵は女を見た。女は俯いて竈《かまど》の火を見ている。子供同様、黒い顔をし、辛うじて髷《まげ》の形が残る髪は乱れて顔にかかり、何日も洗っていないように汚れている。三人とも、着ているものは手垢《てあか》や泥で光っている。

「お前ら、どういう料簡《りようけん》か知らねえが」

熊蔵はひと通りねめまわしてから、怒声を張りあげた。

「ここは俺の家だぞ。断わりもなしに入りこみやがって」

「……………」

「おまけに飯まで炊いていやがる。図々しくも、人さまの家の米櫃《こめびつ》まで掻き回してよ。てめえら泥棒か」

言ったが、熊蔵は次第に情けなくなってきた。どこの馬の骨とも解らない、うす汚れた母子三人が家の中に入り込んで、勝手なことをしている。こんな馬鹿なことがあっていいものかと思った。

しかも、商売用のドスの利いた声で怒鳴りつけているのに、連中は一向にこたえた様子もない。男の子などは、平気な顔で鼻くそをほじくっているではないか。

「てめえら。耳は無いのか、耳は」

「あの……」

母親が小さい声で言った。

「泊る家がないものですから」

「そんなことは解ってら。一目みて解ったから金をやったじゃねえか。だからといって、人の家に入りこんでいいものかよ、え？」

「ご親切な人だと見込んで、一晩だけ、厄介《やっかい》になろうと思いまして」

「そうかい。野宿《のじゅく》じゃ辛えから一晩厄介になろうと、入りこんだってわけだ。結構」

「…………」

「なら、夜が明けたらさっさと出て行きゃいいじゃねえか。そうして腰を据えて飯を炊いているってえのは、どういうことだい」

「…………」

「要するに俺を嘗《な》めたわけだ。命を助けた上に、金までくれた甘ちゃんだと。とんでもねえ。そりゃ大きに見当が違ったというもんだ」

熊蔵は見得《みえ》を切った。

「人には言えねえが、俺はな、ゆすり、たかりで飯を喰っているごつい稼業《かぎょう》の男だぜ。驚いたか」

誰も驚かなかった。男の子はきょとんとした眼で熊蔵を見上げたまま、丹念に鼻くそをほじっているし、女の子は、熊蔵が眼を剝くやいなや、待っていたようにもみじのような手を口にあててくすくす笑い出す始末である。女は女で、折から吹き上げてずれた、釜の蓋《ふた》に手をのばして素知らぬふりである。

「なんでそうして、飯なんぞ炊いてんだよ、おい」

熊蔵は半ばやけくそで喚《わめ》いた。

「何か魂胆があるんだな。そうだな？」

「いいえ。ただ見たところお独りの暮らしのようでしたから」

「ありがとよ。いやありがとう。俺が眠っている間に、あちこち家の中ものぞいてくれたわけだ」

熊蔵は台所に踏み込んで、釜の蓋を取ってのぞき込んだ。

「それで独り者が、飯の支度をするんじゃかわいそうだからと、ご親切に飯まで炊いてくれたというんだな。有難くて、済まなくて涙がこぼれら。それにしても」

熊蔵は乱暴に蓋をしめた。

「一人じゃ喰い切れねえほど、飯が多いのはどういうわけだい。たっぷり三人分はあろうぜ」

「……………」

「人をこけにするのもいい加減にしろ。飯なんざ、俺は喰わねえよ」

そう言ったとき、腹がぐうと鳴った。おそろしく腹が空《す》いている。昨夜はしたたかに酒を飲んだので、飯は喰っていない。それに、朝っぱらから大声を出したので、よけいに腹が空いたようだった。

「誰が、てめえの炊いた飯など喰うか」

熊蔵は怒鳴ったが、その言葉が終るのを待っていたように、また腹がけたたましく鳴った。すると、子供たちが笑った。男の子は熊蔵の腹を指で女の子に示している。

「ガキめら！」

熊蔵は、二人の頭を張った。男の子は平気な顔だったが、ちびの方が派手《はで》に泣き出した。

「うるせえ、泣くのはやめろ」

泣き声に追い立てられるように、熊蔵は土間に降りた。見ると女は鍋に水を入れ、勝手知った者のように味噌壺《みそつぼ》をあけて、汁を作りにかかっている。

「いいか。飯を喰ったらとっとと出て失せろ」

熊蔵は凄みのきいた声で威《おど》した。

「夜帰ってきてまだてめえらがいたら、一人一人半殺しの目にあわせて、外に放り出すからそう思え」

熊蔵が外に出ると、たちまち泣きやんだ女の子が、

「かあちゃん、おまんま、まだ？」

と言ったのが聞こえた。何ともしぶとい連中だった。

裏店の木戸を出ようとして、熊蔵は我が家を振り返った。いつもと変りない家構えだったが、中にはいま得体の知れない連中が巣喰っている。

頭を振って熊蔵は歩き出した。城を乗っ取られて、いずこともなく落ちて行く殿さまの気分はこんなもんかと思った。空腹なだけでなく、妙に腹のあたりに力が籠《こも》らない気がする。

北中之橋を東に渡った。昨夜母子を助けた川岸が左手に見える。いやに人気がなく淋しい場所だと思ったら、岸は武家屋敷の塀裏になっている。

――待てよ。

橋の中ほどで、熊蔵は不意に立ち止まった。もう六ツ半（午前七時）を回ったらしく、職人風の男たちがぽつりぽつり橋を渡ってきていたが、通りすがりにちらと熊蔵を眺めて行く。人相のよくない男が、思案顔で立っているのが気になるのであろう。

「読めた」

熊蔵は呟いて、右掌《みぎて》の拳《こぶし》を、力強く左掌に打ちつけた。ゆうべの身投げは、狂言だったに違えねえ、と思いあたったのである。

──そういえば、いやにのんびりと石を拾っていやがった。

そうして連中は、人の善い手頃なカモが引っかかるのを待っていた、というわけだ。あれはごく、たちのよくない連中なのだ。そう見当がつくと、吉岡町の裏店に走り戻って、母子を張り倒してやりたい気がした。

だがそう思っただけだった。熊蔵は力なく歩き出した。家に駈け戻る元気があるぐらいなら、それだけ早く亀戸の親分の家に行って、朝飯の残りでももらって喰った方がいいと、考え直したのである。

それに、今頃は熊蔵の留守を幸いに、餓鬼《がき》のように台所の喰い物を漁《あさ》っているに違いないあの連中に、そんなことを喚いてみたところで、何の足しになるわけでもないという気がした。一筋縄でいかないしぶとい連中なのだ。それに連中の顔など、二度と見たくはない。

空き腹を抱えて、熊蔵はとぼとぼと歩いた。

三

「熊さん」

揺り起こされた。いつの間にか、うとうとと眠っていたらしい。

「お、お」

熊蔵は起き上がって、胡坐をかいた。眼の前で女中のお芳が笑っている。お芳は十八で、いつも色づいたりんごのような紅い頬を光らせている。

「いびきをかいてたよ。ゆうべは寝不足かい」

「いや、そうじゃねえ」

朝も昼も、台所で残りものを喰わせてもらい、あとはお芳の寝起きする部屋に潜りこんで、ごろごろしていたのである。腹もくちかったが、得体の知れない疲れのようなものがあって、眠り込んだようであった。

疲れは、家にいるあの連中のせいに違いなかった。実際家にいれば、大概夕方まで寝たり起きたり、気ままにしているのである。それが、親分の家の台所で残りものの汁かけ飯を頂いたり、女中部屋に潜り込んだり、肩身の狭い思いをしなければならない。

部屋の中に籠る、若い娘の体臭まで、熊蔵を何となくみじめな思いにさせる。

「何か用かい」

「竜吉さんが、あんたを呼んで来いって」

「兄貴が来ているのか」

「旦那さんの部屋よ」

「おいきた」

熊蔵は眼をこすって立ち上がった。

部屋に入ると、親分の弥三郎と、兄貴分の竜吉が茶を飲みながら低い声で話していた。

「まあ坐れ」

竜吉は熊蔵をちらと見てそう言っただけで、また話に戻って行った。

「熊を連れて、ここところに行って来ます」

竜吉は、弥三郎の前にひろげた帳面を、指でさした。

「こっちは金がさが少ねえからいいが、宇野屋は大丈夫かい?」

弥三郎は帳面から眼を離して、上目遣《づか》いにちらと竜吉を見ると、せわしなく茶を啜《すす》る音を立てた。

「どうも宇野屋は、からくりに気づいているような気がしてならねえ」

――仕事だ。

と熊蔵は思った。

話に出ている宇野屋というのは、木場の茂森町で材木問屋をしている男である。弥三郎の、というより実際には中盆《なかぼん》の竜吉が切り盛りしている賭場で、宇野屋六兵衛をいかさまに嵌《は》めたのはひと月ほど前である。宇野屋はそのとき、賭場で三十両ほど借金をしたが、それっきりぷっつりと姿を見せていない。その借金を、取り立てに行くと、竜吉は言っているのだった。

宇野屋が、弥三郎の言うようにいかさまを感づいていれば、素直に金を出すはずがない。そうなったとき、熊蔵の出番が回ってくるのだ。

「気づいているかも知れませんな」

竜吉はあっさり言った。

「だとしたら、えらいことになるぞ、竜吉。宇野屋は仙蔵という岡っ引に手当てを出しているという噂だ」

「それじゃ、止めますかい」

竜吉の声が冷たく響いた。

「止めりゃ、三十両の貸しがフイになりますぜ」

「……」

弥三郎は、ひるんだような表情で、竜吉を見た。弥三郎は二年前、心《しん》の臓を患《わずら》って寝込んでから、急に老《ふ》けこんでしまった。五十六だが、六十を越した老人に見える。髪も真白だった。いまはめったに賭場に出ることもなく、竜吉にまかせきりにしている。

「俺はお前たちの身を案じているだけだ」

弥三郎は愚痴っぽい口調で言った。

「宇野屋を手目《てめし》にかけたのは、おめえのやり過ぎに思えてならねえ」

「しかし、少しは危ない橋も渡らねえことにはみんなが暮らせませんぜ」

と竜吉は言った。

細々とひとつの賭場を守って、テラ銭で世を渡ってきた小心な弥三郎には、竜吉がしかけるいかさまなどというからくりは恐ろしくて仕方がない。しかし、そう言われれば返す言葉がなくなるのだった。

実際亀屋一家のたったひとつの賭場は、竜吉が中盆に坐るから保《も》っている。初顔の客にはいい目を見せて、また来る気を起こさせ、カモが来たと見れば、すかさずいかさまにかけ、古馴染《なじみ》は盆暮のつけ届けまでして大事にし、時にはいかさまの片棒を担いでもらうかわりに、たっぷり儲《もう》けさせる。

中盆の座から、竜吉はそれだけの采配《さいはい》を振って、これまでぼろを出さずにやってきた。そのおかげで、賭場ひとつで十人の子分が妻子を養い、親分の弥三郎など、賭場に顔出しもしないのに、商家の楽隠居のような裕福な暮らしをしている。

弥三郎が黙りこんだのをしおに、竜吉は熊蔵に眼くばせして腰を上げた。

「ま、なるべく穏やかに話をつけまさ。ご心配いりませんぜ」

「気をつけてな」

弥三郎は弱々しく言った。

「無理を言わねえで、半金ぐらいで手を打つんだな」

竜吉と熊蔵は外に出た。

午後の明るい日射しが二人を包んだ。ここ四、五日、一滴の雨も降らず、空気は乾いていたが、微《かす》かな風が動いていて暑くはない。掘割沿いに清水町、北松代町四丁目を経て、御旅所橋を渡り、さらに竪川《たてかわ》にかかる四之橋を南に渡った。このあたりに来ると、風景はまた展《ひら》けて、田畑がひろがり、田の畦《あぜ》沿いに並ぶ柿の若葉が、日にきらめくのが見えた。左手には空地をへだてて材木蔵の長い塀が続いている。

「半金とはお笑いぐさだ」

ふと竜吉が言った。嘲《あざけ》るような口調だった。

「親分もずいぶん気が弱ったもんだ。だが、俺はそんな商売はしねえ」

熊蔵は竜吉の顔を盗み見た。色白の優男《やさおとこ》のような顔をしている。だが、その顔で、竜吉は賭場のことなら裏の裏まで知っているのだ。年は熊蔵より二つ下の二十九だった。だが賭場の人間としては、途中からこの世界に入った熊蔵など及ぶところではない。竜吉は十四の時に博奕《ばくち》の味をおぼえ、十八の時には腕っこきの壺振りだったという噂を聞いている。筋金入りだった。

「米屋の番頭の方は、大したことはない。さきに宇野屋の方を片づけちまおう」

「さいですな」

熊蔵は神妙に相槌《あいづち》を打った。借金の取り立てといっても、話をすすめるのは竜吉である。熊蔵はそばに坐って、時どき睨《にら》みをきかせていればよい。亀屋の賭場には十人の子分がいるが、熊蔵に勝る悪相はいない。そのあたりを竜吉は買っていた。

熊蔵の出番は、話がもつれたときだった。そのとき二、三凄味のきいた科白《せりふ》を言うだけでよく、あとは竜吉がうまく始末する。芝居のように、役が決まっていた。

「しかし、あいつだけは手をつける気にならねえな」

竜吉は言い、ちっと舌打ちした。

「あいつにくらべれば、宇野屋が肝《きも》が太いの頭が切れるのと言っても、所詮素人衆だからな」

熊蔵には、竜吉が誰のことを言っているのか解る。

その男は勢五郎という名の博奕打ちだった。月に一度ぐらい亀屋の賭場に顔を出し、派手に金を使った。あるとき、珍しく熱くなって、負けが込むと金を借りた。借りた二十両が一文残らず消えたとき、いかさまに気づいたようだった。

立ち上がると、ひと言、

「おぼえていろ」

と言って賭場を出て行った。三月ほど前のことである。勢五郎は北本所の番場町のあたりに住み、親分も子分も持たず、博奕で飯を喰っている男だった。盆の上の縺《もつ》れから人を殺したという噂を持つ、陰気な五十男だった。竜吉が勢五郎をいかさまに嵌《は》めたのは、ある成行きからだった。古馴染の一人に儲けさせる必要があったのと、半年前に雇って、いまも亀屋の賭場で壺を振っている麻太の手目の腕を、勢五郎のような渡世人の前で試したかったのである。

「あっしもごめんですな」

と熊蔵は言った。あの時は熊蔵も賭場にいて、勢五郎の凄い科白を聞いている。もちろん勢五郎はそれっきり現われず、二十両は貸したままだが、竜吉が投げている気持ちは解った。

「さ、来たぜ」

茂森町の手前の崎川橋までくると、竜吉は悪事の相棒を見る眼つきで、熊蔵をみた。面長で商家の手代のような竜吉の顔に、一瞬鋭い緊張が走るのを熊蔵はみた。

四

まだ空に明るみが残る中に、熊蔵は家の近くまで帰ってきた。

吉田町を通ると、空地に夜鷹が小屋掛けを組み立てているのが見えた。男たちが立ち働いているそばで、黒木綿の着物に白い手拭いで顔を隠した女たちが立ち話をしたり、道を行く者に卑猥《ひわい》な意味を含んだ誘いの声を掛けたりしている。女たちは活きいきしていた。闇に鎖《と》ざされてゆくこの町で、これからは彼女たちが主役なのだ。

――上々吉だったぜ。

熊蔵はそう思って足を運んでいた。誘いかける夜鷹の声も快く耳を擽《くすぐ》ってくる。「ちょいと。ぽっぽのあったかそうなお兄さん」などという黄色い声には、そうよ、その通りよ、と言いたくなる。宇野屋も、西町の米屋の番頭もうまくいって、熊蔵の懐には、竜吉から渡された一両の駄賃が入っている。

「さすが、兄貴は大した役者だぜ」

熊蔵は呟いた。そいつは旦那の思い違いでござんしょう、とか、あたしらも商売でござんすから、とかいう竜吉の歯切れのいい口調がまだ耳に残っている。

初めのうち宇野屋はわけを言わずに払いを渋った。しかし竜吉の理詰めの催促《さいそく》に、ついにいかさまでないかと言い出した。そう言わせるように、竜吉が話を運んできたのである。宇野屋の言葉を待っていたように、熊蔵が尻をまくった。

「いかさまだと？　そいつはいくら贔屓《ひいき》の旦那衆でも聞き捨てならねえな」

まあ、まあ大きな声を出しなさんな、と竜吉が手で押さえにかかる。

「大きな声は地声でさ。宇野屋の旦那、そういうことを言われたんじゃ、賭場が潰《つぶ》れるんだ。言うからには、さだめし証拠がおありだろうから、そいつを聞かせてもらおうじゃないか」

宇野屋は岡っ引との繋がりも匂わせたが、竜吉は歯牙《しが》にもかけなかった。人に隠れた商売ですから、日頃その筋には金を使っていますといなした。

金を受け取って外へ出ると、宇野屋の雇い人足と思われる男たちが、店の前に二十人ほどかたまっていた。中には鳶口《とびぐち》を握っている者もいる。こいつは殺されるかと、熊蔵は身体に顫《ふる》えが来たが、竜吉は顔色も変えず男たちを掻きわけて堀端の道まで出たのだった。

一仕事終った、快い昂《たか》ぶりが熊蔵を包んでいる。竜吉はその足ですぐ賭場に行ったが、熊蔵には賭場は休んでいいと言った。

――飯を喰って、地獄でも抱きに行くか。

そう思った。しばらく女を抱いていない。

だが、裏店の木戸を入って路地に踏みこんだとき、熊蔵の浮き浮きした気分は、たちまち萎《な》えた。

家の前を竹箒《たけぼうき》で掃いている奴がいる。自分の背丈の三倍はありそうな箒を操《あやつ》っているのは、あのちびの女の子だった。

熊蔵が近づくと、夢中になって箒を振り回していた女の子が、手を休めて顔を上げ「へ、へ」と笑った。何ともしぶとい感じだった。この調子では、家の中に母親と男の子がいることは間違いなかった。

怒る気力を、熊蔵はなくしていた。黙って女の子を見おろした。女の子は、何か熊蔵が言いかけるのを待っているように、口もとをゆるめて熊蔵の顔を窺っている。

朝と様子が変っている、と思ったら、着ているものが小ざっぱりして、顔や手足も黒いなりにきれいになっている。

「どうしたい、この着物は」

と熊蔵はもの憂《う》く訊《たず》ねた。

「おかあちゃんに、買ってもらった」

待ってましたとばかり、女の子は答えた。熊蔵はかっとした。昨日やったあの金だ、と思ったのである。だが、その怒りもすぐに力なくしぼんだ。

土間に入ると、男の子が尻をおっ立てて板の間を拭いているところだった。味噌汁の匂いが家の中に満ち、茶の間からは明るい灯かげが洩れている。

「お帰りなさい」

台所の奥から、母親が前垂で手を拭き拭き現われてそう言った。図々しいものである。

みると昼の間に湯屋にでも行ってきたらしく、髪をひっつめに結《ゆ》ってさっぱりした顔をしている。日焼けしているものの、結構整った顔だちだった。着ているものも、古手物を見つけてきたらしく、ちゃんとした縞物《しまもの》の袷《あわせ》を着ている。

――ふん。まるで女房気取りじゃねえか。

熊蔵は鼻白んで、茶の間に上がった。

茶の間はきれいに片づいている。万年床は姿を消し、灰なんかめったに捨てたことのない莨盆《たばこぼん》がきれいに掃除され、煙管《きせる》を添えて畳の上に出ている。脇に使ったこともない座布団まで出ているのは、押入れを掻きまわしたらしい。

――ふん、見えすいてら。

この手で居坐ろうとしても、そうはいかねえぞ、と熊蔵は思った。

女房子供に逃げられた当座は、何となく腹に力が籠らない感じで、腑抜《ふぬ》けのような日を送ったが、馴れてしまえば一人暮らしほど気楽なものはなかった。眠いときに寝て、起きたいときに起きる。朝だから夜だからと、決まった時刻に飯を喰うこともない。腹が空いたときに喰う。それも気が向けば何か自分で作り、それもおっくうなら飯屋に行けばよい。子供の喚き声も聞こえず、稼ぎが少ないと女房に責められることもない。

性に合った賭場勤めで日を暮らせて、おまけに人相の悪いところを見込まれて、恫《おど》し役を手伝えば余分な駄賃まで入ってくる。こんないい暮らしはない。いまさら女子供を背負いこむなどは真っ平だった。

——飯の支度をしたり、掃除をしたりして、気をひこうたって、そうはいかねえ。

熊蔵は座布団に上がり、すっぱ、すっぱ煙管をくゆらせながら、女と子供が大騒ぎで卓袱台《ちゃぶだい》に喰い物を並べるのを横目で見ていた。

「あの、喰べませんか」

と女が小声で言った。熊蔵はそっぽを向いた。

すると女と子供はたちまち食事にとりかかった。子供たちは、初めの間はちろりちろりと熊蔵を盗み見て遠慮がちに喰べていたが、やがて焼いた干物を箸で奪い合ったり、奪い取った干物を汁椀の中に落として奇声を挙げたり、騒々しく食事に熱中しはじめた。母親の方も、遠慮もなく大口あけて飯を運んでいる。

熊蔵は、悪夢をみているような気がした。いつの間にか、この得体の知れない母子がどっしり家の中に居坐り、本来この家の主人である熊蔵を、まるで余計者のように無視している。こんなことがあっていいものか、と喚き出したい気分だった。

家を出るちょっと前の女房子供がこんなふうだったと、思い出した。熊蔵を無視して、自分たちだけで飯を喰っていた。だがここにいる女子供は、家を出て行くようなしおらしい連中ではない。むりやり家に入りこみ、勝手に寝起きして、根をおろそうとしている。黙っていれば嘗《な》められるばかりだと熊蔵は思った。それに無性《むしょう》に腹が空いて、味噌汁の香り、干物の香りが空き腹にしみ込んでくる。

最後に残ったお香この一きれに、兄妹が同時に箸《はし》を伸ばし、兄に取られた女の子が泣き出したのをしおに、熊蔵は怒鳴った。

「うるせえ！　泣くな」

卓袱台ににじり寄って、

「めし！」

と茶碗を突き出した。

泣きやんだ女の子が、飯を喰いはじめた熊蔵の顔を、しげしげと見ている。男の子も箸の手を休めて、熊蔵の手の動きをじっと見ている。

俺の家のものを俺が喰うのに、何でそうしみじみと見られなくちゃならねえのだ、と熊蔵は泣きたい気持ちである。蜆《しじみ》の味噌汁はさめかかっていて、実《み》は箸でつまんでも殻ばかりだった。お香こはかけらも残っていず、僅《わず》かにこちこちに固くなったいわしの干物が皿に載っているだけである。

「めし！」

熊蔵は、ほとんど喚く口調で、おかわりを催促した。

五

十日ほど経《た》った。母子はまだ熊蔵の家に居坐っていた。

その夜熊蔵は、少しばかり酔って、暗い道を吉田町の通りにさしかかった。足音もなくぎゅうが寄ってくると、熊蔵に合わせて歩きながら優しく囁いた。

「ご機嫌さんで、旦那」

「……」

「どうです？　旦那のために誂《あつら》えたような女がいますがね」

「うるせえや」

熊蔵はぎゅうを手で払った。

酔いどれ！　くたばっちまえ、と口汚く罵《ののし》ってぎゅうが離れて行くと、熊蔵はまた眉間《みけん》に皺《しわ》をよせた。

――何とかしなくちゃならねえ。

この十日の間、尻の下で火を焚《た》かれているように、熊蔵はそう思い続けてきた。一人一人半殺しのめに会わせて叩き出す、などと威してはみたものの、そんなことが出来るものでもなかった。

裏店では、みんな熊蔵が博奕を打って暮らしていることを知っている。それでいて顔を合わせれば笑顔もみせ、挨拶《あいさつ》もし、隣の甚七の女房などは、漬けものがうまく出来たからと一皿くれたりするのは、熊蔵がおとなしく暮らしているからである。

大きな声も出さず、路地のどぶ浚《さら》いと聞けば真先に飛び出し、祭りの寄付も人なみに出させてもらって、肩身狭く暮らしているから、みんなは熊蔵に対して寛大なのである。

いま家にいる母子を乱暴に叩き出したりすれば、やっぱりやくざ者だ、博奕打ちが本性を現わしたと裏店の者が指さすだろう。それだけならいいが、やがて裏店を追い出され兼ねない。そうなれば行き先に困る。博奕打ちを承知で、隣家の女房が漬けものをくれるような裏店が、そうよそにもあるとは思えない。熊蔵は、この裏店が気に入っている。

しかし穏やかに話をつけようと思っている間に、どんどん日が過ぎた。そして状況は益々《ますます》悪くなっている。

まだ名前も聞いていないその女は、翌日になると縫物の内職を仕入れてきた。聞けばどう話したものか甚七の女房に世話してもらったという。子供たちは子供たちで、昔からそこにいたように裏店の子供たちとこのあたりを駈けまわり、それに掃除をしたり買物に行ってきたり、じつに小まめに働くのだ。連中を振り切るには、いまぎゅうを追っ払ったようなぐあいにはいかない。

――しかし、今夜は決着をつけるぞ。

熊蔵はそう思った。気ままな一人暮らしがまるで昔のことのように懐かしい。そいつを取り戻すのだ。泣いたり笑ったり、騒々しいガキどもはもう沢山だ。女なんか目障《めざわ》りだ。女を抱きたきゃ、この界隈《かいわい》にごまんといる。

熊蔵が戸を開けると、すぐに女が立ってきて障子を開けた。

「お帰りなさい」

と女が言ったが、熊蔵はむっつりしたまま茶の間に上がった。

「ご飯は？」

台所から女が聞いた。お茶漬けでも喰うか、と言いそうになったが、熊蔵はぐっと我慢した。

「いらねえよ」

「それではお茶でも」

これだ、これでいつもだまされてしまうんだ、と熊蔵は煙管《きせる》に莨《たばこ》をつめながら思った。

――だが、今夜はきっちり話をつけるぞ。

せんべい布団に、綿がはみ出た搔巻《かいまき》をかけて子供たちが寝ている。丸い頭が二つ並んでいる。どこの誰と、素姓も知れない子供たちが寝ている。あのときは、まるで乞食の子同様に汚れていた、と思う。

そう思うと、追い出すということがひどく残酷なことに思われ、心が萎えてくるようだった。

——酔ってるせいだ。

と熊蔵は思った。そういうお人好しだから連中につけこまれる、と気持ちをたて直したとき、女がお茶を運んできた。

お茶を啜り、すっぱ、すっぱと莨《たばこ》を喫いながら、熊蔵は無遠慮な眼で女を眺めた。とっくりと女を眺めたのは初めてだった。年は二十五、六だろう。眼鼻だちは整っていて、ほっそりしているが、骨っぽくはなく、身体に丸味がある。こんなに色っぽい女だったのかと思いながら、どこか釈然《しゃくぜん》としない気持ちがあるのは、前の汚い恰好を知っているからだろう。それに、変に色っぽく見えるのも、酔っているせいかも知れなかった。

「さてと」

熊蔵は煙管《きせる》を置き、酒くさいおくびを洩らしてから言った。

「ひとつ穏やかに話をつけようじゃねえか」

女が顔を上げた。だが眼を伏せている。

「いつまでもいてもらっちゃ迷惑なんでね」

はっとしたように、女は顔を伏せた。顔を伏せるとき、まともに熊蔵を見た。一瞬だったが、澄んだ黒眸《くろめ》が熊蔵の心を刺した。

――これだけの女が、なんであんな暮らしをしてたんだい？

初めてその疑問が湧《わ》いた。女を追い出すことに夢中で、これまでそういうことを考えたことはなかった。

「あんた、前はどんな暮らしをしてたんだね？」

言おうと思っていたこととは、別の言葉が口を出た。

「川っぷちで会ったときはよ。橋下で寝てたって恰好だったが、昔からそうだったわけじゃねえだろ？」

女は黙っている。見ると唇を嚙みしめている。

「俺だって昔から博奕打ちだったわけじゃねえ」

熊蔵は愚痴《ぐち》っぽい口調になった。

「昔は畳職でよ。ばりばり力を出して仕事をしたもんだ。博奕にはまって女房子供にも逃げられちまったけどよ」

「家は下谷の山崎町にありました。瀬戸物を商《あきな》っておりました」

女が低い声で言った。

店前に大きな陶器の布袋様《ほていさま》を置いて、山崎町の布袋屋といえば、界隈で知られた瀬戸物屋だったが、三年ほど前から店が傾いた。女の亭主が博奕の味を覚えたのである。奉公人が暇をとり、品物は売れなくなった。

そして三月《みつき》前に破局が来た。ある日賭場の人間だという、人相のよくない男たちが来て、金子《きんす》借用の証文を見せ、金がなければ家を出ろ、と言った。その騒ぎの間に、亭主は二階に駈け上がって首を吊《つ》った。

女と子供は、遠縁の家に厄介になったが、そこにいられたのは一月《ひとつき》ほどで、追い出されるようにして浅草馬道にある裏店に入った。そこから広小路前の料理茶屋に通いで勤めたが、この勤めは、長くは続かなかった。茶屋奉公は日暮れから忙しくなるのに、子供がいる女は夜はなるべく早く帰ろうとし、勤め先に嫌われたのである。男の誘惑も多かった。

いっそ住込み奉公をと考えたが、子持ち女を雇うところはなかった。転々と短い茶屋奉公を繰り返し、あるときは寺の掃除女にも雇われたが、そのうち家賃が滞《とどこお》った。

熊蔵に会う半月前頃からは、裏店を追い出されて住むところもなく、人の家の軒先や、神社の縁の下などに寝て、昼は物乞いをして歩いていたのである。しかし、そうまでして生きていなくともいい、という気持ちが、時々女の心をかすめるようになっていた。

「なるほど。哀れな話だな」

熊蔵は言った。だが、だからと言って人の家に押しかけ、入りこみ、図々しく居坐っていいものでもあるまいと思った。

「そこで、狂言を思いついたというわけだ」

「え？」

女は顔を挙げた。

「おうよ。ご大層に子供を紐で結んだり、袂に石を突っこんだりしていたが、あれはそうやって人が通るのを待ってたんだろうという話さ」

「あんまりです」

女は叫ぶように言って、手で顔を押さえた。あんまりだとはこっちが言いてえ科白だと熊蔵は思った。

「そうじゃねえってのかい。それにしては、その後が図々しすぎねえかい」

「………」

「な。穏やかに話をつけようてのは、ここのところだ。どう考えたって、出て行ってくれろという俺の方がまともで、お前さん方の方に無理があろうぜ」

「解っております」

女は顔から手を離して熊蔵を見た。眼の縁が赤くなっている。

「ご無理は重々承知しております。ただ亭主に死なれてこのかた、人の情けに出会ったことがなかったものですから。あのときの親切が嬉しくて」

「こっちは悲しくなら」

熊蔵は小声で呟いた。

「ご親切におすがりして、人心地《ひとごこち》つくまで置いてもらおうと、ただ夢中で」

「それでどうなんだね。そろそろ人心地がついたんじゃねえのかい」

女はじっと熊蔵をみた。その眼にみるみる涙が盛り上がり、頰にこぼれるのが見えた。女は膝の上で指の色が変るほど、手を締めつけている。

「わかった、わかった」

熊蔵はあわてて言った。女に泣かれるのは子供に泣かれるより始末が悪い。

「じゃ、いずれ身の振り方が決まったら、出て行ってもらう。そういうことで手を打とうじゃねえか」

「…………」

「俺も人情をわきまえぬほど野暮《やぼ》な男じゃねえ。子供二人抱えて、おめえが苦労していることは解ってら」

「…………」

「だが、それで俺を甘くみて、居坐ろうなんて料簡は捨てちまいな。俺は一人暮らしが気に入っているのだ。女房子供と別れて、せいせいしているところよ」

女は黙って俯いている。

「飯炊きだって、洗い物だって一人で出来らあ。面倒なときはやらねえ。そういう流儀が俺は好きなのよ。女なんかおめえ……」

熊蔵はまたじっくりと女を見た。悪くねえ女だ、とまた思った。

「抱きたいときは、ちょいと下駄をつっかけて出りゃ、このあたりはそういう女がくさるほどいる。不自由はしていねえ」

女の身体に、羞恥《しゅうち》が走った。伏せた顔が赤くなっている。色っぽい女だぜ、と熊蔵は思った。不意に身体がどっと熱くなったような気がした。暫《しばら》く女を抱いていない。身体の中のそのほてりが、悪いときにひょいと顔を出したようだった。

「そうよ。そういう後くされのねえやり方が俺は好きなのさ。面倒はきらいだ」

言いながら、熊蔵は尻を滑らせて女ににじり寄った。手をのばして女の腕を摑んだ。口は渇き、身体中の血管を血が駈けまわっている。身体はますますほてって、眼がくらんだようになって、自分が何をしているのかわからなかった。ただ柔らかいくせに弾《はず》みのある女の腕の感触が、さらにほてりを煽《あお》ってくるのだけが解った。

「女なんざ、いくらでもいる。何もおめえなんか抱かなくともな」

上の空で熊蔵は言った。それからごくりと喉《のど》を鳴らしてから囁いた。

「おめえ、何てえ名前だい」

「みさ」

女はかすれた声で答えた。顔は熊蔵からそむけていたが、みさは摑まれた腕を熊蔵の胸に押しつけるようにした。

「ほんとに俺は……」

熊蔵は女の背に手を回し、紅く染まった女の首筋をのぞきこみながら言った。

「女なんか不自由してねえんだから」

軽々と、熊蔵はみさを抱え上げて立ち上がった。それから、隣の六畳に歩いて行くと、足の爪先《つまさき》で襖を開けた。

六

「そいつはやめた方がよかねえか、熊」

と竜吉は、煙管を口から離すと言った。親分の弥三郎の住居から、そう遠くない畑地の中にある、古びた土蔵の内である。ここが賭場だった。昔は弥三郎の家で賭場を開いたが金が出来た頃、このあたりの百姓が売りに出した土蔵を買い取って、賭場にしたのである。

鉄格子を嵌めた窓から、傾いた日射しが土蔵の中にさしこみ、隅に積んである薄い座布団を照らしている。部屋の中は少し薄暗かった。

「どうしても行くってえなら止めはしねえが、ま、歯が立つ相手じゃねえ。おめえ一人じゃ勝負は知れている」

「もし金をふんだくって来たら、駄賃は弾んでいただけますかい」

熊蔵は眼を光らせて言った。獰猛《どうもう》な顔つきになっている。

「そりゃいいとも。いったん諦《あきら》めた金だ。もらってきたら、半分はおめえにやろうじゃねえか」

「ありがてえ」

「しかし無理しねえ方がいいぜ」

「解ってまさ」

「どうしたい、熊」

竜吉が優しい口調で言った。

「そんなに金が欲しいのは、女でも出来たか。ん？」

熊蔵は顔をそむけた。竜吉の優しさに、ついほろりとしかけたのである。ほかの連中がやってきたのと、入れ違いに熊蔵は賭場を出た。法恩寺橋に出て、横川堀を渡った。そのまま川岸を北に急いだ。

――野郎は出かけるかも知れねえ。その前に摑まえなくちゃ。

と思っていた。野郎というのは、博奕打ちの勢五郎のことである。いかさまに嵌めて、二十両という金を貸したが、竜吉は勢五郎からその金を取り立てることを諦めていた。二十両の借金を全部すったとき、勢五郎は凄い科白を残して賭場を出たまま、ぷっつりと姿を見せていない。いかさまに気づいたことは明らかだった。

取り立てに行っても、一文の金ももらえないばかりか、何されるか解らないと竜吉は思っているようだった。相手は、昔人を殺したという噂を持つ男だった。それに貸した金は盆の上で回収している。損をしたわけではなかった。その金を、取り立てさせてくれ、と熊蔵は今日、竜吉に頼んだのである。

勢五郎という男の気味悪さは、竜吉にいわれるまでもなく解っていた。下手すれば殺されるぞという気がする。それでも熊蔵は金が欲しいのだ。

みさと一度寝てしまったのが、熊蔵の運の尽きだった。みさと子供たちは、人心地がついたら出て行くどころか、いまはわがもの顔に熊蔵の家に棲みついてしまっている。いまさら出て行ってくれとも言えない。また情けないことに、そう言えないほど、熊蔵はみさと過ごす夜に惹《ひ》きつけられていた。みさの身体は、熊蔵が予想もしなかった魅惑を隠していたのである。

熊蔵の心を読み切ったように、みさは近頃は女房然とした口をきくようになっていた。子供たちは子供たちで、母親にどう言い含められたものか、「ちゃん、飴《あめ》買う銭おくれ」などと、馴れ馴れしくすり寄ってくる。ちゃんとは何ごとだと身顫《みぶる》いするほどだが、熊蔵は身から出た錆《さび》と我慢するしかない。

しかしそうなってみると、家の中は足りないものばかりだった。熊蔵の家には、満足に所帯道具も揃っていない。母子も、いつまでも着たきり雀で置くわけにもいかなかった。だが、熊蔵の収入《みいり》は、四人で喰うのにやっとという程度なのだ。ここ二、三日のおかずの貧しさに、熊蔵はひどく肩身狭い思いをしている。

「ちきしょうめ！」

熊蔵は、みさにともなく、自分にともなく、強《し》いていえば自分の運命といったようなものに、呪咀《じゅそ》の呟きを洩らした。

どうしてこんな羽目になったのだ、と情けなくなる。誰に気兼ねもいらなかった一人暮らしの日々が、古きよき日といった感じで胸を締めつけてくる。だが愚痴を言ってもはじまらないのだ。

——野郎を締め上げて、金をふんだくるのだ。

そして家の中で、少しは大きな顔もさせてもらわなくちゃ。熊蔵は横川町の角を曲ったところで立ち止まり、懐の中の匕首《あいくち》を確かめた。それから日暮れの空の下に、微かに水を光らせている割下水に沿って、本所の町を風のように走り出した。

探しあてた勢五郎の家は、ちゃんとした塀に囲まれた一戸建てだった。

——大したもんだぜ。

潜《くぐ》りを押して、そっと中に忍びこんだ熊蔵は気圧《けお》されたようにそう思った。草ぼうぼうだが、広い庭がある。薄闇の中に、白い花のいろが沈んでいるのが見えた。古いが、大きな家で、高い軒が熊蔵を圧迫した。

「誰だ。そこに入ってきたのは」

不意に陰気な声が熊蔵を咎《とが》めた。音を立てなかったはずだが、勢五郎は感づいたらしい。熊蔵はぞっとした。

「亀屋の弥三郎の使いの者ですが……」

「弥三郎だと?」

しばらく沈黙したが、やがて嘲笑《あざわら》うような声が続いた。

「面の皮の厚い奴らだ。ま、入って来い」

熊蔵は戸を開けて中に入った。土間に出ていた勢五郎が後で戸を閉めたとき、熊蔵は古びたその家に閉じこめられたような気がした。だがそれで度胸が決まった。どうともなれ、という気分になっていた。熊蔵は、自分から先に立って、灯を置いてある茶の間に上がった。家の中はひっそりして、ほかに人がいる気配はない。

「ふむ、悪い人相だ」

向い合って坐ると、勢五郎は自分の顔は棚に上げてそう言った。そういう勢五郎の顔は、頬は抉ったようにそげて、鷲《わし》の嘴《くちばし》のように尖った鼻をし、凹《へこ》んだ眼窩《がんか》の奥に、びいどろの玉をはめたような眼が、冷たく光っている。薄い唇を動かして、勢五郎は言った。

「用件を聞こうかい」

二十両の貸しがある、と熊蔵は言った。返しに来るかと待っていたが、来ないから出向いてきたのだと尋常に言った。

「貸しだと？」

勢五郎は不意に笑い出した。眼を真直ぐ熊蔵に向けたまま、こっこっと聞こえる音を喉に立てた。笑いやむと、勢五郎は言った。

「借りなんざねえ」

「冗談言っちゃ困ります。二十両は大金ですぜ。忘れたとは言わせねえ」

「あれはいかさまだ」

「いかさまだァ？　何の証拠がある。返事によっちゃ、ただで済まされねえぜ」

「イキがるな、若えの」

ぴしゃりと勢五郎は言った。

「俺を威そうてえのはちょいと無理だ。出かけてきた度胸は買うが、それじゃと金を渡すわけにはいかねえよ」

「腕ずくでも頂くぜ、とっつぁん」

熊蔵は低い声で言った。顔が蒼《あお》ざめて行くのが解った。小僧っ子のように扱われて引き下がれるかと思っていた。

匕首を呑んできたものの、この無気味な男と、腕ずくで争うことを考えてきたわけではない。だがこうまで貫禄の違いを見せつけられると、かえって引き下がれない気持ちに追い込まれていた。ここで下がっては男が廃《すた》る。身体を張るしかねえ、と思った。金のこともみさや子供たちのことも、すっと念頭から消えるのを、熊蔵は感じた。

「俺も亀屋一家の使いで来た男だ。そうですかと帰るわけにいかねえ」

「面白い」

と勢五郎は言った。その顔に、不意に残忍な表情が走ったようだった。勢五郎は、顔は痩せているが広い肩幅と、着物の上からもはっきりとわかる分厚い胸を持っている。丈も熊蔵よりひとかさ大きい。そういう顔になると、何ともいえない威圧感が、頭の上からかぶさってくるようだった。

「待ちな」

ひょいと勢五郎は立ち上がった。襖を開いて姿を消したが、すぐに部屋に戻ってきて、膝の前に袱紗《ふくさ》包みを置いた。

二十両ある、と無表情に勢五郎は言った。

「さ、どうして取る？」

熊蔵が懐に手をさし込んだとき、勢五郎が鋭い声でとめた。

「そいつは抜かねえ方がいい。俺は人は殺したくねえ」

「……」

熊蔵は全身に冷たい汗が噴き出すのを感じた。

「素手で来い。庭に出な」

そういうと、勢五郎は先に立って部屋を出た。どこかいそいそした身振りだった。

暗い庭に、二人は素足で立った。

「さあ、始めようぜ、若えの」

低い声で催促した勢五郎の声に向って、熊蔵は突き進んだ。組み合ったとき、岩と取り組んだような気がした。次の瞬間、勢五郎の腰に乗って、熊蔵の身体は犬ころのように地面に叩きつけられていた。休まずに足蹴りが襲ってくる。

――殺される。

そう思いながら、熊蔵は地面を転がって逃げると、伸びてきた勢五郎の足を摑って立った。地響きさせて勢五郎が倒れた。だが倒れながら、蹴り上げてきた足に肩を突かれて、熊蔵は二間もふっ飛んだ。後頭に鋭い痛みを感じた。石に当ったらしい。跳《は》ね起きて、手をやると、ぬらりとしたものが手に触れた。

「どうした、若えの」

勢五郎の無気味な声がして、黒い影がぬっと迫ってきた。その影に、熊蔵は頭突《ず》きを喰らわせたが、勢五郎はがっしり受けとめると熊蔵の両肩を摑んで振り回した。投げ出されて熊蔵の身体は土の上を滑った。頰がすりむけたのがわかった。立ち上がった熊蔵の前にまた黒く大きい影が立ちはだかった。

「もうおしまいか、おい」

張り手が襲ってきた。分厚く固い掌が、正確に熊蔵の頰に落ちてくる。そのたびに、熊蔵の身体は右にかしぎ、左にかしいだ。一足ずつ熊蔵はよろめきながら後にさがった。顔が蜂に刺された後のように、膨《ふく》らみ、熱をもっているのを感じる。

手を弾《は》ね上げて、熊蔵は組みつくと、腰を入れて投げを打ったが、勢五郎の身体は僅かに傾いただけだった。

「こんなことじゃ利かねえぜ」

勢五郎が、こっこっと喉で笑った。熊蔵は足を踏みかえると、鋭く勢五郎の胯間《こかん》を膝で蹴り上げた。

勢五郎の笑いが止み、上体が前に折れた。その首筋に向って、熊蔵は両掌を組み合わせた拳《こぶし》を、満身の力をこめて叩き込んだ。勢五郎の指が、熊蔵の腰にかかったが、熊蔵はかまわずに拳を振りおろし続けた。

勢五郎が地面に膝をつき、やがて横ざまにゆっくりと倒れるのを見て、熊蔵はよろめきながら後にさがった。

「おめえの勝ちだ」

呻《うめ》くように勢五郎が言うのを、喉を鳴らして荒い息を吐きながら、熊蔵は聞いた。

「金は持ってけ。その前に、俺を家の中まで運べ」


「懐に金がある」

手当てが済むと、熊蔵は蚊の鳴くような声で言った。這《は》うようにして家にたどりついた熊蔵をみて、みさが驚いて立ち騒いだ。布団を敷いて熊蔵を担ぎ込み、血を拭き、軟膏《なんこう》をあちこちにすり込んで、冷たくした手拭いで額を冷やしたあとである。

「これは明日、賭場の兄いに届けろ。そして半分もらってくるのだ。約束ですから半金頂きます、と言ってな」

言い終ると、熊蔵はまた呻いた。全身がくまなく痛み、そして熱っぽく膨らんでいる。

みさが懐を探って、包みを取り出した。

「まあ、大層なお金」

とみさが言っている。

「ちゃんは、どうしたの？　喧嘩したの？」

とおひろという名の女の子が聞いている。

「かあちゃん、お金沢山あるね」

と直吉という男の子が言っている。あした飴買って、とおひろが言っている。おいら、するめがいいや、と直吉の声。

「だめでしょ？　まず着物を買って、それからお布団を何とかしなくちゃ」

と、みさのどこか浮き浮きしたような声が聞こえる。

——しぶとい奴らだ。

うとうとしながら熊蔵は思う。この連中を喰わせるために、何で俺がこんな稼ぎをしなくちゃならねえのだ、と微かな悲哀のようなものが心をかすめる。だが重たい眠気が瞼《まぶた》を押さえつけて、母子の声は次第に遠くなって行く。

不意に額のあたりがすっと軽くなった。手拭いを取りかえるところだな、と思ったとき熊蔵はことりと眠りに落ちた。

冬の潮《うしお》

一

夜の食事には、尾頭《おかしら》がついた。市兵衛は何も言わなかったのだが、おぬいが自分で支度したのである。

「さきに喰べなさい」

と市兵衛はすすめ、自分はゆっくり一合の晩酌を続けた。盃《さかずき》を口に運びながら、市兵衛は時どき嫁の顔をみた。おぬいは少し顔をうつむけて箸《はし》を動かしている。

おぬいは眼がきれいな女である。にぎやかなたちではなく、頰《ほお》から顎《あご》のあたりに淋しげな翳《かげ》すら感じられるが、澄んだ黒眸《くろめ》がそれを補い、顔立ちが陰気になるのを救っていた。息子の芳太郎が、五年前突然おぬいを家に連れてきて、嫁にしたいと切り出したとき、市兵衛は、芳太郎がこの娘に惹《ひ》きつけられたわけが、即座にのみこめた気がしたのだった。市兵衛自身も、おぬいの眼から軽い衝撃のようなものを受けていたのである。

その頃芳太郎には、同業の紙屋、十軒店《じっけんだな》の桔梗屋《ききょうや》の末娘との間に、縁談が持ち上がっていた。女房のお米《よね》はそれを盾《たて》にとって、おぬいを嫁にすることに反対した。そのため家の中はしばらく揉《も》めた。お米が反対する理由は市兵衛には解っていた。おぬいは両国の川岸の水茶屋で働いている娘である。お米はそれにこだわっていた。しかし芳太郎が、おぬいを嫁に出来ないなら家を出ると言い出したとき、市兵衛が裁断して、おぬいを碓氷屋《うすいや》の嫁にした。そのとき、これで桔梗屋と仲が悪くなるかも知れないと思ったことを、市兵衛はいまでもおぼえている。事実はそのとおりになって、桔梗屋小兵衛は、五年経《た》ったいまも、仲間の寄合いの席で顔が合っても、ろくに口を利こうとしない。

五年の間に、病身だったお米が死に、去年の暮れに、酒に酔った芳太郎が、門前仲町からの帰りに永代橋から落ちて水死するという凶事があった。舅《しゅうと》と嫁が残され、そして半年後の明日、嫁は碓氷屋を去ろうとしていた。

「お前も一杯どうだな？」

と市兵衛は言った。

おぬいは箸を置いたが、とまどうような眼で、舅をみた。

「盃を持ってきたらいい。あ、それからおきみに言って、もう一本つけさせておくれ」

市兵衛は立ち上がったおぬいに言った。

おぬいに酒を注《つ》いでやりながら、こういうことをするのは初めてだな、と市兵衛は思った。こうしているところを、店の者が見たらどう思うだろうかとも思った。芳太郎の一周忌も済んでいないのに、おぬいを実家に帰らせようと決心したのは、嫁と舅だけが残された碓氷屋の内情に対して、口さがないある種の噂《うわさ》が流れはじめているのを耳にしたからである。

噂は汚いばかりで、何の根拠もないものだった。黙殺しようと思えば出来た。芳太郎がおぬいを嫁にしたいといったとき、お米は「碓氷屋の暖簾《のれん》に傷がつきます」という言い方をした。そのとき市兵衛は黙っていたが、心の中では大そうなことを言うものだと思ったのである。

市兵衛は上州坂本宿端《はず》れの村から江戸に出て、いま紙商として一応は名の通る碓氷屋の主人に納まっている。しかし若いときは日雇い人足もし、一時はぐれて博奕《ばくち》を打ったこともある。お米と一緒になったのは、裏店《うらだな》住まいで浅草紙を担《にな》い売りして回っていた頃である。番頭、手代を置く身分になって、暖簾などということを言うかと思ったのである。水茶屋で働いていた女を云々《うんぬん》などという評判は黙殺しようと、そのとき市兵衛の腹は決まっていたのである。

しかし今度は噂が聞こえてきたとき、すぐにおぬいを実家に帰そうと決心したのだった。おぬいは二十二で、まだやり直しが出来る。薄汚れた世間の好奇心の前に、晒《さら》しものにしておくことは出来ないと思ったのである。

「家に帰ったら、どうするつもりだね」

と市兵衛は言った。おぬいには百両の金を渡してある。だがおぬいの家は、本所入江町の裏店で、父親は左官の下職をしている。暮らしは楽ではなかった。おぬいの下に弟妹が三人いる。

「さあ、どうなるのでしょうか」

おぬいは心細いような表情で、市兵衛をみた。

「お金を頂戴しましたから、すぐ困るようなことはありませんけど……」

視線をはずしてうつむいた。すると長い睫《まつげ》だけがみえて、淋しげな顔だちになった。

「でも、いずれまた働くことになりますわ」

「また茶屋に出るのかな」

「今度は堅いところで働きます。いっそこのお家に、女中で雇ってもらいましょうかしら」

おぬいは上体を後にひくようにして、声を立てないで笑った。市兵衛も苦笑した。

「いい話があったら、嫁に行くのが一番だがな。まだ間に合う。あんたはまだ若い」

「……」

「困ることがあったら、いつでも相談に来なさい。私はあんたがこの家の嫁だったことを、かりそめには思っていません」

はい、と言っておぬいはうつむいた。

おきみが膳を下げにきたのをしおに、市兵衛は、おぬいに休むように言った。やがて番頭の藤助が来、手代の吉蔵と小僧二人が挨拶《あいさつ》にきて出て行った。吉蔵と小僧たちは二階の部屋に寝る。藤助は通いの番頭で、鳥越に小さな家がある。帳面をひろげて、今日の商《あきな》いを説明すると帰って行った。

火の気のない長火鉢のそばに、市兵衛は一人とり残された。おきみが置いていった銚子《ちょうし》を取りあげると、残っていた酒を盃にあけて飲んだ。

酔いがゆるやかに身体の中を回っている。いつもより量を過ごしたが、酔い心地はそう深くはない。だが今夜の酒は、いつものように心を解き放そうとはしないで、ある一点に重く沈みこませようと動く気配がした。

――これで、一人ぼっちになったわけかな。

と思った。こんなふうになることを考えたことはなかった気がした。

お米と初めて世帯《しょたい》を持った頃は、やがていつか、どちらかが先立つなどということを、ちらとも考えたことがなかった。お米が永遠にそばにいることは自明のことで、そのことを疑ったことはなかった。暮らしのこと、仕事のことを考えることで頭の中は一杯で、ただ夢中で過ごした気がする。

まして芳太郎に先立たれるなどということは考えたこともなかった。

——それにしてもあいつは、なんで茶屋遊びなどを始めたのだろうか。

芳太郎は、門前仲町で茶屋遊びをして帰る深夜、永代橋から水に落ちた。そのときは仲間と一緒で、仲間の話では、ふざけ半分に欄干《らんかん》に這《は》いあがり、二、三歩欄干を歩いたあと、引き込まれるように暗い水面に落ちて行ったという。

一緒だった仲間というのは、同業の息子たち四、五人で、喧嘩《けんか》をしたわけでもなく、欄干を渡る賭《かけ》をしたわけでもない、という若い者たちの話を信じるしかなかった。霊岸島の岸に死体が浮いて、伊作という岡っ引が、その夜一緒だった連中をかなり厳しく取り調べたという噂だったが、結局怪しい節はないということで落ちついたようだった。伊作は碓氷屋にも来て、いろいろ訊《き》いて帰ったが、それきりになったのである。芳太郎は、酔った気分にまぎれて、欄干にのぼるなどという子供じみた真似をして死んだ。

芳太郎は、死ぬ一年ほど前から、不意に商売に興味を失ったように怠け出し、吉原や深川の岡場所に、ひんぱんに通うようになっていた。おしまい頃には、門前仲町の梅本という料理茶屋に入りびたって、子供屋の丸平から芸者を呼んで遊んだようである。とき八という芸者が馴染《なじみ》だった。

芳太郎の突然の茶屋遊びは、いまでも市兵衛の胸の底に、謎《なぞ》めいた印象を残している。芳太郎は、もともと口数が少なく、おとなしい性格の人間だったが、ときに思い切って我を張ることがあった。一人っ子で育ったせいだろうと市兵衛はみていた。しかし商売には熱心で、そのことで不安を持ったことはなかったのである。

おぬいを、両国河岸《がし》の水茶屋で見初《みそ》めた頃は、酒も飲めない時分で、茶腹を抱えて通いつめたようだった。それが茶屋遊びをするようになってからは、したたかに酒に酔って帰ってきた。夫婦仲が悪いようにも見えなかったのが、市兵衛には不思議でならない。しかし夫婦の間には、ほかの者の窺《うかが》い見ることが出来ない暗部があるる。

芳太郎が突然茶屋遊びを始め、仕事に身が入らなくなったわけを、おぬいが知っている気もしたが、市兵衛は、それをおぬいに訊《たず》ねたことはない。よしんばおぬいが知っているとしても、それなら一層訊くべきことではないという気がしたのである。

そしておぬいの日常には少しも変化がなく、家にいるときの芳太郎は、おぬいに対して、まるで詫《わ》びるかのように、言葉もそぶりも優しかったのである。

――思い切って意見すればよかったかも知れない。

その後悔がいまもある。そうしようかと考え始めた頃に、芳太郎は死んだ。だがそれは死なれてから思うことである。芳太郎は遊んだが、放蕩《ほうとう》というほどのものではなかった。おぬいといういい嫁がありながら、と市兵衛が思うだけのものだった。そして二十七の芳太郎には、遊びの始末ぐらい自分でつける分別があるだろうとも思ったのだった。若い頃自分が博奕から手を引いたように、である。

銚子を傾けて、最後の酒を盃に滴《したた》らせたが、市兵衛は、それを口に運ぼうとはしないで、思案するようにうつむいた。

いつ降り出したのか、雨の音がしている。強い雨ではなかったが、切れ目なく家を包みこむような、静かな音だった。

孤独感が、滲《し》みとおるように市兵衛を包み始めていた。おぬいがこの家を去ることになって、心の中に穿《うが》たれていた黒い穴が突然みえてきたようだった。お米が死に、芳太郎が死んで、その間に穴は十分に深く穿たれていたのである。ただおぬいがいる間は、心がまぎれて、所在が明らかでなかったようである。

いまは荒涼とした傷口がみえる。おぬいが出て行くことで、穴はその暗い口をさらにひろげようとしていた。その底知れない暗い空間に、雨の音がひびき、虚《むな》しい音を立てる。

市兵衛は顔を挙げ、盃に半ばしかない酒を一気に口に抛《ほう》り込んだ。俺はいま恐ろしい形相《ぎょうそう》をしているだろうな、と思った。見回しても誰もいなかった。五十七年の無駄なあがきに似た日々が明らかにみえ、その残骸のような、身体も気力も衰えた老人が、ひとり立っているだけだった。

夜具を敷き、手洗いから戻ろうとして、市兵衛はふと暗い廊下に立ち止まった。

家の中はしんとして、人は眠りの中に沈みこんでいるようだった。雨は小降りになって、中庭の闇に囁《ささや》くような音を立てているだけである。茶の間から廊下に、行燈《あんどん》の灯《ひ》がこぼれている。碓氷屋の屋根の下で、そこだけが眼覚めているようだった。

その光もとどかない闇の一点を、市兵衛は見つめている。そこから廊下は鉤《かぎ》の手に曲って離れの部屋に通じている。

そこに、明日から赤の他人になる若い女が眠っていた。お米や芳太郎の死が信じられなかったように、市兵衛はそのことが信じられない気がした。闇の中に、ひどく残酷な刻《とき》が流れているのを市兵衛は感じる。明日からは、ほんとのひとりぼっちになる。

——だが、いまなら、まだ間にあう。

ふと、そう思った。そう思ったとき、突然生なましいものが、市兵衛の眼の奥に溢れた。闇の中に市兵衛は、黒い眸《ひとみ》、小さく濡れた唇をみ、掌は、その中にすっぽり入る、小さく丸い臀《しり》の肉を摑《つか》んでいた。

だがその感覚は、一瞬の悪夢のように、忽《たちま》ち闇の向うに奔《はし》り去った。市兵衛は、微かに喉を鳴らした。それからゆっくり板の間を踏んで、茶の間に戻った。

二

小津清左衛門の挨拶が終ると、酒になった。蔵前の寄合茶屋川増で開かれた仲間の集まりは、五ツ（午後八時）近くなって、漸《ようや》く終りに近づいたようだった。

市兵衛の右隣は、南新堀の多田屋新兵衛であり、左に桔梗屋が坐っている。桔梗屋と席を並べたくはなかったが、会合に遅れてきた市兵衛がみると、坐るところはその場所しかなかったのである。

「少々くたびれましたな」

と多田屋が言った。多田屋は、市兵衛より年が上で、頭は真白で瘦《や》せているが、老舗《しにせ》の主人らしい品がある。

市兵衛は、多田屋がさす盃を、畏《かしこ》まって受けた。市兵衛は、伊香屋という店が廃業したとき、その株を譲りうけて問屋になった。十年ほど前である。仲間うちではいまでも新参者である。

「お疲れでしょう。わたしはまた、ちょっと遅れまして申しわけございませんでした」

丁寧に詫びて盃を返した。会合は八ツ半（午後三時）から始まって、あらまし二刻半（五時間）かかっている。話は三年前に、武州三郡二十三カ村の紙漉家《かみすきや》から提出されている公事《くじ》のことで、公事は最近漸く目鼻がついてきていた。

「今日《こんにち》は皆さま、お疲れさまでございます」

上座の方に立ち上がった男が言った。本郷一丁目の大和屋喜右衛門だった。大和屋は、小津、本町四丁目の大橋らと一緒に、問屋側を代表して訴訟の事務を取りしきっている。

「さきほどお話がありましたように、お上《かみ》のお力添えによりまして、われわれの方に随分と明るい見通しが出てきておりまするので、今夜は前祝いと申しましては何でございまするが、本席に少々綺麗どころを用意いたしましてございます。ひとつごゆるりとお過ごしを」

その声を合図に、襖が開かれて、きらびやかな衣裳の芸者がにぎやかにくり込んできた。早速三味線が鳴り、座敷に甲高《かんだか》い嬌声《きようせい》が溢《あふ》れた。

武州日影村の名主伝右衛門、小川村名主七左衛門が総代で提出した公事は、その五年前に問屋側から提示した紙類一手取扱いの通知に対して起こされていた。

江戸の紙問屋四十七軒は、年に三百両という冥加金《みようがきん》、ほかに臨時の入費を上納するかわりに、新店の加入、問屋株の譲渡などを押さえ、商売の独占の下に、仲間を保護する権利を許されている。

その実力を背景に、問屋仲間は文化十年、仲買人、紙漉人に対して、問屋組以外に紙を売らないよう、もし組以外の店に紙荷を送った場合は、委細《いさい》かまわず組内に荷を引き取ると通知した。

これまで紙漉人は、問屋以外に仲買人の手を経て紙を売っていた。帳《ちよう》屋、合羽《かつぱ》屋、傘屋、呉服屋などがとくい先だった。この経路を握られてしまえば、紙相場はすべて問屋仲間の言うがままになり、たとえ劣悪な条件でも、呑まねば商売が成り立たなくなる。

こうして三郡二十三カ村の漉家が、日影村支配の代官山田常右衛門に、「御公儀へ御慈悲の取次ぎ方」を願い出たのであった。文政元年七月である。願いは取り上げられて、翌年勘定奉行古川和泉守氏清に回され、さらに秋になって町奉行永田備後守正道の手に移った。

勘定奉行の古川は、漉家側に対して同情した立場をとったが、町奉行の取扱いに入ってからは、風向きが変った。吟味《ぎんみ》与力《よりき》三好助右衛門は法を重くみた。漉家側、問屋側双方から事情を聞いたあと、漉家側に対し、直接問屋側と談合するように命じたが、談合が調《ととの》わない場合は、法の筋道に従って、問屋側の処置を止むを得ないとする肚《はら》だった。

そのように運ばれてきていると、今日の仲間の寄合いでは報告されたのである。

「紙漉きの苦情も、もっともなところがありますな」

隣席の多田屋が、訴訟のことを言っている。

「しかし我われも、冥加金はともかく、月々何だかだと上納金を召し上げられる。儲けさせてもらわないことには、どうにもなりませんからな」

「さようでございます」

と言ったが、市兵衛は、この話に気乗りがしなかった。法の上からいって、この無理押しは通るとみた、仲間内の知恵者が考え出したことである。そして事実、情勢はそのようにすすんでいるが、無理押しは無理押しである。漉家の睾丸《こうがん》を素手で握るようなやり方は、どこか肌に合わなかった。

碓氷屋には、小川村の金作、友吉という紙漉きが荷を送ってくる。年に何度か二人を呼んで、一席もうけながら、細かい紙質の注文を出したりしていた。二人の生《き》真面目《まじめ》な顔を思い出すと、市兵衛は気が重くなるようだった。そういうふうに思うのは、仲間うちで新参のせいかも知れない、と思いながら、市兵衛は前に回ってきた若い芸者から酒を注いでもらった。

「碓氷屋さん」

不意に桔梗屋が胡坐《あぐら》の膝先を向けるようにして声をかけてきた。桔梗屋とは、市兵衛が席についたとき、目礼を交わしただけである。いままで、桔梗屋は左隣に坐っている通り旅籠《はたご》町の井筒屋清兵衛と話していて、市兵衛の方は見向きもしなかった。

「つかぬことをお訊ねしますが」

桔梗屋小兵衛は、ひどく他人行儀な口調で言ったが、その顔には奇妙な笑いが漂っている。

「はい」

「おたくの、おぬいさんと言いましたか。あの嫁さんが、両国の水茶屋に出ているのをご存じですか」

無言で、市兵衛は桔梗屋の顔を見返した。思いがけないことを聞いたようだった。おぬいが実家に帰ってから、一年近く経っている。その間市兵衛は、芳太郎の一周忌におぬいを呼び、そのとき一度会っただけである。

会ってはいないが、嫁入り口が決まったとか、暮らしに困ったとかいうことがあれば、おぬいは必ず訪ねてくる筈《はず》だという気持ちが、市兵衛の中にあった。それだけの気持ちの通いはあった筈だった。

だが桔梗屋の顔に浮かんでいる冷笑は、おぬいがそうしなかったことを告げている。市兵衛はおぬいに裏切られたような気がした。

「そうですか。それは初めて聞きました」

「おや、ご存じなかったのですか」

桔梗屋は、はっきり嘲笑《あざわら》う顔になった。

「昔の嫁が、水茶屋働きでは、あまりいい気持ちはなさらんでしょうな」

「いえ」

市兵衛は強い視線で桔梗屋を見返し、そっけない口調で言った。

「それは違いますよ桔梗屋さん。あれはもう碓氷屋の人間ではありません。赤の他人です。赤の他人が水商売に出ようが、女郎になろうが、わたしの知ったことじゃありません。あれの勝手というものですよ」

「なるほど」

桔梗屋は、白眼《しろめ》まで赤く酔いの回った顔をじっと市兵衛に向けている。

「しかしきれいな女子《おなご》ですな。わたしは、あんたの死んだ息子さんが水茶屋勤めの娘を嫁にもらうというので、どんな女かと一度見に行ったことがある。なにしろうちの娘は、その女に見返られたわけですからな。そのときは腹が立っていました」

「………」

「だが会ってみてなるほどきれいな女子で、芳太郎さんが惚《ほ》れるのも無理ないと思いました。こないだその店にひょっと立ち寄ったら、おぬいさんがいるじゃありませんか。いや驚きましたな」

市兵衛は不快な気持ちが募《つの》ってくるのを感じた。桔梗屋は市兵衛より七つも若い。脂《あぶら》ぎった皮膚と、厚い唇をもつ桔梗屋の口から、おぬいの名が洩《も》れると、それだけでおぬいが汚される感じがする。

「それで、お話はそれだけですか」

「ええ、ま」

桔梗屋は言ったが、視線はまだ粘《ねば》っこく市兵衛の横顔にからみついている。

「店の話じゃ、おぬいさんは大層な売れっ子だそうですよ。あれじゃ男どもがほっとくわけはありませんものな」

水茶屋が居つきの店構えに変り、奥の座敷で酒を出すようになってから、店で働く女たちがひそかに色を売っていることは公然の秘密だった。おぬいの堕落は早いかも知れないと、市兵衛は思った。気分が重く沈むのを感じた。

「どうして囲ってしまわなかったんです、碓氷屋さん」

不意に市兵衛の耳に口を寄せて、桔梗屋が囁いた。

「あたしならそうしましたな。あれだけの女は、めったにいるものじゃありませんよ」

胸の底に、不意に怒りが動くのを、市兵衛は感じた。怒りは淫《みだ》らなことを囁いている桔梗屋にではなく、おぬいに向けられている。一瞬だったが、その怒りの中で、市兵衛は碓氷屋の嫁がふしだらなことをしているような錯覚に把《とら》えられたようだった。

三

市兵衛をみると、おぬいは莨盆《たばこぼん》と茶碗を持っていた両手をだらりと下げ、眼を大きく見ひらいた。

「茶をもらいましょうか」

市兵衛は、一たん腰かけの上の座布団に腰をおろして言ったが、すぐに言い直した。

「奥が空《あ》いていたら、そちらの方がいい。あんたに話もあるし」

「ちょっと見て参ります」

おぬいは、固い表情で言い、腰かけの間を身体をひねるようにして擦《す》り抜け、店の奥に姿を消した。

市兵衛はあたりを見回した。店の真中あたりに、朱で塗った竈《かまど》があり、その上で鑵子《かんす》が鳴っている。鑵子はよく磨いてあって、真鍮《しんちゅう》の肌に、掛け行燈の光が反射していた。客は十人余りもいるようだった。掛け行燈の柔らかい光の下で、茶を啜《すす》りながら話し込んでいる。その間をおぬいと同じように路《ろ》考茶《こうちゃ》の小袖に黒い繻子《しゅす》の帯をしめ、幅広い前垂れで腰を覆った女たちが、ゆっくり歩いている。

話し声の間に、店のざわめきとは別の物音が奥の方から聞こえていた。籠《こも》った音だったが、三味線が鳴り、唄う声が洩れてくるのであった。

奥からおぬいが出てきた。黒襟から抜け出している頸《くび》がはっとするほど白く、おぬいは少し肥《ふと》ったように見えた。浮かないような表情をしている。

「二階が空いていますけど、上がりますか」

おぬいは腰をかがめるようにして、小声で言った。濃い白粉《おしろい》の香を市兵衛は嗅《か》いだ。

市兵衛がうなずくと、おぬいは先に立って市兵衛を奥に導き、二階に上がった。

小さな部屋だったが、床の間がついて、押入れがある。行燈に灯が入っているのは、おぬいが、市兵衛が上がるものと決めて用意したらしかった。

「お酒をお持ちしますか」

やはり小声でおぬいが言った。

「いや、いりません」

「それでは茶でも」

「茶もいりません。話だけで、すぐ帰りますよ」

それでおぬいは腰が落ちついたようだった。不意に顔を挙げて市兵衛をみた。おぬいの顔は、頬にやや肉がついて、唇は濃い紅をひき、生なましい生気に溢れているように見える。黒い眸を、挑《いど》むように市兵衛に据《す》えて、おぬいは唐突《とうとつ》に言った。

「怒っておいでですか」

「怒るわけはない。あんたは碓氷屋から出た人です。何をしようと、あんたの勝手というものだ」

「やはり、怒っておいでですわ」

とおぬいは言い、眼を伏せて肩をすぼめるようなそぶりをした。

「気持ちはよくないが、怒ってはおらん。わたしもそれほど野暮《やぼ》な人間ではありません。だが何で水茶屋勤めなど、しなくちゃならんのか、それを聞こうと思ってきた」

「おっかさんが、病気で医者にかかっているものですから」

「ふむ。多分そんな事情だろうと思った」

市兵衛はうなずいた。

「それにしても、あのときやった金はもう無くなったのかね」

「弟が年期が明けて、小さな店を出したりして」

おぬいはちらと市兵衛の顔を見上げた。

「存外にお金が出たものですから」

「そういうときのために渡した金ではなかった。わたしはおぬいがこういうところで働かなくともいいようにと考えたのだが……」

「……」

「それで弟さんは、あんたが勤めに出ると聞いて、何とか言ったかね」

そう聞いたのは、よくない直感が動いたからだった。

はたしておぬいは顔色を曇らせた。思案するように、じっと俯《うつむ》いている。

「けろりとしているわけか」

「はい」

「そんなことだろうと思ったよ。金というものは厄介なものでな。一度手放すと、もう縁が切れたように、帰りたがらなくなるものだ」

「……」

「それにしても、おっかさんの薬代ぐらいは、弟さんに助《す》けてもらった方がいいな」

「清助は、この間世帯を持ったばかりなものだから」

おぬいは小さく溜息《ためいき》をついた。

「金を少し持ってきた」

市兵衛は、懐から袱紗《ふくさ》包みを取り出し、包みのまま、おぬいの前に押しやった。

「あら」

おぬいは眼を挙げ、後じさるようにして言った。

「もう、こんなお金を頂くわけにはいきません。おしまいになって下さい」

「まあいい。取って置きなさい」

市兵衛はおぬいの手をとって、袱紗包みを握らせた。

「これで茶屋勤めをやめろというわけではないよ。三十両あるが、べつにあんたを縛ろうというつもりはありません。ただ多少金があれば、あんまり辛い勤めをしなくとも済むのじゃないかと思ってな」

おぬいは金を握りしめたまま、黙って市兵衛の顔を見つめている。

「はっきり言うとな。金のためにあんたが男と寝ていると考えるのが辛いのだ。気になるし、腹が立つ」

「………」

「わたしは桔梗屋の口から、あんたがここで働いていることを聞いたのだが、あの男は時どき来ているのか」

そう言ったとき、市兵衛はふと耳を澄ますような気分になっていた。川増で、桔梗屋が示したおぬいへのこだわり方は執拗《しつよう》で、いまも市兵衛の心に不快な感触を残している。

「ええ、二、三度見えましたから」

「ああいう男と、寝てもらいたくないのだ」

市兵衛は激しい口調で言った。それをどう受けとったのか、おぬいは奇妙な笑いを顔に浮かべた。

「ご心配いりませんわ、おとうさま。こうしてお金も沢山頂いたことだし」

「そうしてくれ」

市兵衛は言ったが、どこかおぬいと気持ちが喰い違っているのを感じた。

眼の前にいるのは、以前ひとつ屋根の下に寝《やす》み、同じものを喰べ、へだてなく話したり、笑ったりした女だった。だが、確かに通じ合っている筈だった気持ちが、真直ぐとどいていないもどかしさを、市兵衛は感じる。途中に邪魔なものがあって、市兵衛の気持ちは意志に反した方向に曲げられ、そこで受けとめられている。そんな気がした。おぬいはなぜ笑ったりするのだろうか。お金を沢山頂いたという言い方をなぜするのだろうか。

おぬいは、昔確かに碓氷屋の嫁だったに違いないが、いまは一人の娼婦なのかも知れない、と市兵衛は思った。その考えは、呑みこみにくい異物のように、市兵衛の喉《のど》につかえる。だが派手な紅白粉《べにおしろい》の装《よそお》い、生ぐさく血の色を浮かべた頰、そして奇妙な笑いは、おぬいが娼婦である証《あか》しのようだった。

少し重い気分になって、市兵衛は立ち上がった。

「では、帰りますよ」

おぬいは止めなかった。先に部屋を出て、梯子《はしご》を途中まで降りたが、そこでおぬいは不意に振り返り、市兵衛もあわてて降りかけた足を引いた。

おぬいの白い顔が、市兵衛の胸のあたりにあった。梯子の上は暗くて、表情ははっきりとは見えなかった。

「ほんとは、こんなところで働いているのを、みられたくなかったんです」

おぬいは言った。

「わたしも、みたくなかったよ」

「もう、住む世界が違いますから」

おぬいは呟《つぶや》くように言うと、不意に身をひるがえし、すばやい足どりで梯子を降りて行った。市兵衛は黙然と梯子の途中に立ちどまった。短い呟きの中に、昔のおぬいの肉声と、もうそこに戻れない女の嘆きを聞いたような気がしたのだった。

その夜市兵衛は夢をみた。夢の中で、市兵衛は、おぬいとひとつ床の中にいる。

おぬいはほとんど裸に近い姿で、市兵衛の指が動くままに、身体を開いたり、曲げたりした。そうしながら、市兵衛は額《ひたい》から汗を滴らせている。なぜ冷たい汗が噴き出るのか、市兵衛には最前から解っている。胯間《こかん》には動き出す何の気配もなかった。寒ざむと風が通りぬけるような感触があるばかりだった。焦《あせ》りと羞恥《しゅうち》に苛《さいな》まれながら、市兵衛は汗を流し続けている。

眼覚めたとき、市兵衛は夢の続きのように、うっすらと身体が汗ばんでいるのを感じた。市兵衛は、茫然と闇に眼を開いた。なぜこういう淫らな夢をみたのかは解らなかった。ただ、おぬいの身体にふれた感触だけが、まだ生なましく掌に残っていた。

四

水茶屋の主《あるじ》七之助は、磨いたような顔をした四十男で、愛想よく市兵衛を迎えたが、おぬいの名を口にすると、うさん臭げな眼になって、市兵衛を眺め回すようにした。皮膚の薄い、桜色に磨きたててあるその顔には、幾通りもの、すばやく変る表情が隠されているようだった。

眺め回した末、七之助は取りつくしまのない口調で言った。

「あの子は、もういませんよ」

「いない？」

市兵衛は、こくりと喉を鳴らした。重苦しい衝撃が胸の奥にあった。

「ここをやめましたので？」

「もうひと月ぐらいになるね」

「……」

「ほかに、聞くことは？」

「どこへ行ったか知りませんか」

市兵衛は横を向くと、すばやく鼻紙に小粒をひねって七之助に渡した。

「どうも」

と言って、七之助はおひねりを懐に入れたが、その顔に初めて好奇心のようなものが動いた。

「あんた、おぬいのお馴染さん？」

「いや」

市兵衛は苦笑した。

「そういう者ではありません。親戚筋の者ですよ」

「ふむ、ああそうですか」

七之助は腕を組んでうなずくと、薄笑いを浮かべた。

「それで、探していらっしゃる」

「さようです」

「それじゃ黙っているわけにもいきませんな」

「……………」

「おぬいは、仲町のさる茶屋に住みかえました」

「仲町？　何という茶屋です？」

「尾花屋だと、あたしには言っていましたがね。あたしの睨《にら》んだところじゃ、そうじゃありませんな」

「……………」

「というのは、あれには悪い虫がついていました。ご親戚の人に言うのも何ですが、あの子はなかなかのやり手でね。ま、この店じゃ一、二を争う人気者でした。いい加減年増《としま》なのに、若い娘より人気がありましたから」

「悪い虫というのは、どういう男ですか」

「ま、そういうわけで男が寄ります。そのうちに滝蔵というあの男が眼をつけてきたわけです。こいつは本所の二ノ橋のあたりに住んでいる奴で、年はおぬいより一つ、二つ下です。年は若いが、何をして喰っているか解らないような男で、女をひっかけるのがじつにうまい」

「……」

「奴がおぬいに眼をつけたのが解りましたから、あたしはおぬいに、気をつけなって言ったんですよ。それでもいつの間にか引っかかっていたんですな。ま、いい男ぶりをしてますから無理もありませんがね」

「……」

「おぬいは深川に売られたんだ、とあたしゃ思いますよ、ええ。それがあの男の遣《や》り口ですから。一度ひっかかったら、蜘蛛《くも》の巣にかかったとおんなじ。いいように喰い荒されるんでさ、どの女もこの女もね」

七之助は舌打ちしたが、その顔には羨望《せんぼう》の表情が現われている。

「それで、おぬいはどこにいると思いなさる？」

「ま、仲町は間違いないと思いますが、探すんなら、子供屋を当ってみる方が早いね」

渡した小粒が利《き》いて、見違えるように腰が低くなった七之助に入口まで見送られて、市兵衛は店を出た。

振り返ると、伸び上がって軒《のき》行燈の位置を直している七之助の姿が見えた。酔って足もとがひょろついている男が一人、七之助の後を行ったり来たりしていたが、七之助に何か言われると、急に胸を張って、みやこどりと店名を染め抜いた暖簾を潜《くぐ》った。その後を追うように七之助も中に入ると、店の前はしばらく人影が絶えて、軒行燈の光が地面を照らすだけになった。

足を返して、市兵衛は水茶屋が軒を並べている一劃《いっかく》から遠ざかった。三味線の音が遠くなり、かわりに岸を叩く川波の音が聞こえてきた。水は闇の底を流れていて見えなかった。

川端を歩きながら、市兵衛は不意に寂寥《せきりょう》が胸を満たすのを感じた。

市助と呼ばれていた子供の頃、眼覚めたら家の中に誰もいなかったことがある。山にも野にも、まだ雪が残っている春先のことだったが、開け放した戸口から、市助が眼覚めた炬燵《こたつ》の裾《すそ》まで射しこんでいる日射しは、柔らかい春の色をしていた。囲炉裏《いろり》に薪《まき》がくすぶり、藁《わら》むしろの上には、剝《む》きかけの豆と豆殻がそのままあって、ついさっきまでそこに母親が坐っていたことを示している。

市助は外に出た。蒼《あお》く硬《かた》い色をした空がひろがり、寒気が市助の頰を刺した。日は山陰に隠れるところで、青白い雪と、いくぶん紅味を増した雑木林の枝に覆われた山の傾斜から、大きな束のような光が村に流れ込んできている。その中である家の壁は光り、ある家は、すでに日没の暗さをまとい始めていた。道には汚れた雪が残り、その間にところどころ乾いた地面が顔をのぞかせている。

地面には、子供たちが描き残した図面の痕《あと》や、石蹴りの石が残っていたが、子供たちの姿は一人も見えなかった。子供たちだけでなく、母親も、村人の姿も現われず、村はひっそりしたままで、何の物音も聞こえて来なかった。

そのときの、天地にただ一人取り残されたようだった淋しさが、いま市兵衛の胸を満たしている。五十年経って、また人影も見えない道に、物哀しい日暮れの光を浴びて立っている気がした。

その淋しさが、おぬいが行方を晦《くら》ましたためだということが解っている。

店にも人がいる。番頭も、手代の吉蔵も、女中のおきみも市兵衛を労《いたわ》ってくれる。だが彼らは市兵衛を恐れてもいる。店の者とのつながりは、所詮使う者と、使われる者の垣を越えることはない。水茶屋で働いているおぬいは、一人の娼婦のようだったが、一度は義理の娘だった女である。赤の他人ではなかった。実際市兵衛のおぬいに対する気持ちの中には、幸せの薄い娘に対するような哀れみがある。そう思い、おぬいを気遣うことで、自分も慰められていたのだ、といま市兵衛は思っていた。

だが、今度こそ、おぬいは市兵衛の手がとどかない場所に行ってしまったようだった。

「それも、男にだまされてだ」

市兵衛は呟いた。呟くと、身持ちの悪い実の娘に対するような怒りがこみ上げてくる。

――だが、これでおしまいだ。今度もおぬいは何ひとつ市兵衛には相談しなかった。市兵衛がどう思おうと、おぬいが一人の他人として生き始めていることは疑いようがなかった。

市兵衛は立ち止まった。そこは両国橋の端《はし》だった。市兵衛は橋に上がった。そこから遠い深川の町の空に、微《かす》かに立ちのぼる灯の色を見た気がした。そこに、この時刻もまださんざめく夜の町があるだろう。軒下から灯影がこぼれ、三味線が鳴り、唄う声がし、人が笑っている。おぬいもその中にいるのだ。

不意におぬいの声が耳の奥で鳴った。

――住む世界が違いますから。

遠い町から、ふと顔を振り向けて市兵衛を見ながら、おぬいがそう言ったようだった。その声に耳を傾けるように、市兵衛は闇の中に佇《た》ちつづけた。

足音がした。本所側から近づいてきた提灯《ちょうちん》がひとつ背後を通り過ぎるところだった。提灯の主は、通り過ぎるとき、暗い中で欄干によりかかっている市兵衛をみたようだった。振り向かなくとも、気配で解った。雪駄《せった》の足音が、心持ち急ぎ足に広小路の方に遠ざかり、橋は再び闇に包まれた。

足音が消えるのを待っていたように、市兵衛は欄干を離れると、暗い橋を、おぬいがいる町がある東の方に渡りはじめた。

五

「お出かけですか」

茶の間に入ってきた番頭の藤助は、市兵衛が出かける支度をしているのをみて、驚いたように言った。

「はい。ちょっと出かけます。あとを頼みますよ」

「しかし今日は、夕方に瀧家の友吉さんがみえることになっていますが……」

「あ、忘れていた」

と市兵衛は言った。小川村の瀧家、友吉から手紙がきていた。手紙は訴訟が瀧家側の敗訴に終りそうな情勢を心配し、そうなったとき、これまで比較的優遇されてきている碓氷屋との取引がどう変るか、一度参上して話を聞きたいと言ってきていた。それが今日の約束だったのである。だが市兵衛は、今日別の用事を抱えていた。

「済まないが、友吉さんがきたら小菊に案内して、お前さんがお相手しておくれ」

と市兵衛は言った。

「わたくしで出来ましょうか」

「こう言ってもらえばいい。仲間相場での取引は仕方ないが、碓氷屋では裏金を積んでもこれまでより漉賃を落とすようなことはしない。そのかわり、紙質は決して落とさないように。そう言っておくれ」

「はい、そのように伝えましょう。友吉さんもさぞ喜ぶことでしょう」

と言ったが、藤助はふと探るような眼で市兵衛をみた。

「そんなに、お急ぎの用事ですか」

「そう。どうしても夕方に会わねばならない人がいてな」

藤助が部屋を出て行くと、市兵衛は押入れから金箱をおろし、鍵《かぎ》をはずした。初め袱紗に二十両包んだが、思い直してもう十両足すと懐に入れた。

外に出ると、熱く乾いた風が顔を打った。日は西に傾いていたが、六月末の日射しは、まだ暑苦しく町の空気を掻き乱していた。帷子《かたびら》の背に、たちまち汗が滲《にじ》むのを感じながら、市兵衛は町の中を急いだ。新石町《しんこくちょう》の店から、掘割沿いに橋本町に出るまでに、市兵衛は二度日陰に佇《たたず》んで息をついだ。それでも馬場横から浅草橋御門前を通り、両国広小路に出たときは、喉は渇《かわ》き切り、全身が汗にまみれていた。

市兵衛は休まずに橋を渡った。滝蔵という男は、日が暮れると家を出る。それが習慣だということは、もう確かめてある。藤助と話して手間どったのが、気持ちを急がせていた。

おぬいを探しあてたのは十日ほど前である。その日から市兵衛は、滝蔵という男と会っておぬいと手を切らせる段取りを考えて、今日まで来たのである。市兵衛は、これから滝蔵の家に行こうとしていた。

おぬいは、七之助という水茶屋の亭主が言ったように、門前仲町の福田屋という子供屋にいた。子供屋は、芸者、女郎を抱えて、茶屋に女を出す商売である。一軒の子供屋に、芸者、女郎あわせて二十人前後の女たちがいる。おぬいは、福田屋で三本の指に入る売れっ子の女郎だったのである。

おぬいが福田屋にいることを突きとめた日、市兵衛は山本という料理茶屋から、おぬいを呼んだ。

山本の離れ座敷にやってきたおぬいは、市兵衛をみると、

「あら」

と言った。それだけで、ふてくされたように褄ぎわに横坐りに坐った。その不貞《ふて》た態度を咎《とが》めるより先に、市兵衛はおぬいの変りように胸を衝《つ》かれていた。前に水茶屋で見たときにくらべると、おぬいは頬が瘦せ、眼が大きくなっていた。そして顔の悴《やつ》れを裏切るように、薄い浴衣《ゆかた》の上からも、胸の膨らみ、腿《もも》の張りに、目をそむけるほど淫らな美しさが加わったのが見える。

おぬいから視線をそらして、滝蔵という男と手を切らなければいけない、と市兵

衛は言った。その段取りはわたしがつける、と言ったとき、団扇《うちわ》の手をとめたおぬいが、気だるいような声で言った。

「あの人と手が切れて、それでどうなるんですか」

市兵衛はぞっとした。考えていたより以上に、おぬいが変ってしまったように感じたのである。叱りつけるように市兵衛は言った。

「どうするかは、後で考えることです。とにかくあんたに女郎などはさせておけません」

「碓氷屋の名にかかわるんですか」

また気だるいような口調でおぬいは言ったが、不意にけたたましい声で笑い出した。それは、市兵衛がおぬいの口から一度も聞いたことのない、つつしみがなく自《じ》堕落《だらく》な笑い声だった。

耳に残るその笑い声が、滝蔵の家を目ざす市兵衛の足を急がせている。

二ノ橋に近い弥勒寺《みろくじ》の筋向い、常盤町三丁目と宗対馬守《つしまのかみ》下屋敷の塀境の小路を入ったところに滝蔵の家がある。裏店ではなく、小さな家だったが一戸建てだった。

滝蔵は、いま起き上がったばかりのような、腫《は》れぼったい顔をして市兵衛を迎えた。面長のいい男ぶりで、背が高く骨組みもしっかりした身体つきをしている。ときどき下から掬《すく》いあげるように市兵衛をみる眼に、刺すような光があって、この男がただのすけこましでないことを示すようだった。

市兵衛がいうことを、滝蔵はときどき欠伸《あくび》をはさみながら聞いた。聞き終ると、ぽつりと言った。

「それで？」

「ここに三十両あります」

市兵衛は懐から金包みを出して畳に置いた。

「これで、あの女と縁を切ってもらいたいのですよ」

「なるほど」

滝蔵はいいとも悪いとも言わず、包みを引き寄せると金を数え、また袱紗に戻した。

「いかがですか。この商いに損はないと思いますが」

滝蔵は答えないで、窓の外を眺めている。開けはなした窓の外に、軒下まで葉をそよがせている芭蕉《ばしょう》の葉があって、わずかの風に、葉がゆらめいた。そのたびに、広い葉にあたっている日の光が、翳《かげ》ったり光ったりする。日が傾いたらしく、光は衰えていた。

一戸建てといっても、部屋の中はがらんとして荷物らしいものもない。赤く毛羽立った畳の隅に、布団と皺《しわ》だらけの浴衣が丸めて置いてあるだけだった。大きな蟻《あり》が一四、さっきから畳の上を行ったり来たりしている。

「いかがですか」

沈黙に耐えきれなくなって、市兵衛が催促したとき、滝蔵が振り向いた。

「いいでしょ」

まったく無表情に言うと、滝蔵は長い腕をのばして、賭場《とば》でコマ札を掻き集めるように金をひき寄せ、袱紗を市兵衛に投げてよこした。張りつめていた気分が、みるみるほぐれるのを市兵衛は感じた。

日が落ち、足もとに暗がりがまつわりはじめた道を、市兵衛はゆっくり歩いた。市兵衛の足は、森下町の長い町並みを抜けて、小名木《おなぎ》川に架かる高橋に向っている。仲町に回っておぬいに会うつもりだった。

――間に合った。

市兵衛は、押さえきれない笑いを唇に刻んだ。男にだまされて、行方も知れなかった娘を、漸く男の手から取り戻したような歓びがある。うつむいて歩きながら、市兵衛がもう一度微笑で唇を緩《ゆる》めたとき、背中から声がかかった。場所は橋を下りて大工町を抜けたところだった。「碓氷屋さん」と男の声は呼んでいた。

振り向いた眼に、滝蔵の長身が映った。いきなり不吉なものがまつわりついてきた感触に、市兵衛は身体を硬くした。

「まだ、なにかご用ですか」

「そう」

滝蔵は無表情にうなずいた。

「あれじゃ、金が足りないね」

「しかしさっきは、いいとおっしゃった」

「そう。さっきはそう言ったが、考えが変ったよ。あんた碓氷屋さんだろう。碓氷屋さんなら、三十両は安過ぎる」

「……………」

「あんたも人が悪いや。小間物商いで大和屋という者です、などというから、すっかりだまされてしまった」

冷たい汗が市兵衛の脇の下を流れた。

「だからさっき証文のようなものに指判を押したが、あれ返してもらうよ。いいな」

「わたしが碓氷屋だったら、どうしていけないんですか」

「そんなことは、あんたが解ってるだろ。碓氷屋と名乗ったんじゃ、おぬいとのつながりがあるから、とても三十両じゃ済まないと踏んだから、妙な名前で話を持ち込んできた。そうだろ？」

「……」

「お見込み通りでね。相手が碓氷屋さんなら取引はがらりと変るね。あんな端金《はしたがね》じゃ話にならねえや。とにかくさっきの譲り証文を出しな」

市兵衛は道を見回した。そこは霊巌寺《れいがんじ》と久世大和守下屋敷の高い塀にはさまれた場所で、長い谷間のような薄暮の道に、人影は見えなかった。

市兵衛が財布から出した証文を、滝蔵は眼の前で引き裂いた。

「さあ、改めて相談だぜ。碓氷屋さん。あの女をなんぼで引き取るね？」

「もう二十両出そう」

市兵衛は言ったが、眼の前が暗くなるような気がした。男はおぬいから碓氷屋とのつながりを聞いているだろうし、正面から名乗っては勝ち目のない勝負だと、初めから解っていたのである。男が一応の悪党であれば、当然おぬいを盾にとって、絞れるだけ金を絞り取ろうとかかってくるだろう。恐れていた一番悪い立場に追い込まれたようだった。

果して滝蔵は首を振った。

「じゃ、思い切ってもう五十両積みましょう。いや全部で百両。これで手を打とうじゃありませんか、滝蔵さん」

「そんなものじゃ、話にならねえよ」

口を歪《ゆが》めて滝蔵が言った。男ぶりがいいだけに、滝蔵のそういう表情は、底知れない悪《わる》を感じさせる。

市兵衛はぞっとして叫んだ。

「いったい、いくら出せば気が済むのだ、この悪党」

「あれ？」

滝蔵は笑いをひっこめて、まじまじと市兵衛をみた。

「そんな口をきいていいのかい、爺さん。断わっておくが、俺にはもう読めているんだぜ。お前さんが、なんでもう他人になった女を追っかけ回しているかがな。そんな立派な口はきかせねえ」

「………」

「助平な爺いだぜ」

滝蔵の声が、不意に市兵衛の胸を刺した。

「死んだ倅《せがれ》の嫁を追っかけ回してよ。この暑い中を、汗だくで他人の名前を騙《かた》ってきて、女と切れてくれだって？」

「………」

「俺が手を引いたら、早速身請《みう》けするつもりだろうが、昔の嫁が哀れだの、碓氷屋の暖簾がどうのというきれいごとは、俺は信用しねえ。大枚の金を遣うからには、いずれあの女を囲うかどうかするつもりだろ？　そうだな？」

「少し見当が違っていませんか」

市兵衛は切りかえした。見過ごし出来ない気持ちに衝き動かされて、ここまで来たが、おぬいを囲うつもりはない。

「下司《げす》は、やっぱり下司のような考えしか出来ないとみえますな」

「ほ。じゃどうするつもりだい。聞かせてもらおうか」

「あれは引きとって、わたしのところから改めて嫁にやります」

「け、嫁だと」

滝蔵の顔に嘲笑が浮かんだ。

「笑わせるぜ。あんな男の手垢《てあか》がしみこんだ女を、誰が嫁にもらうんだい」

眼の眩《くら》むような怒りが、市兵衛を襲っていた。

――この男が、おぬいをそういう女にしたのだ。

突き刺すような市兵衛の視線を無視して、滝蔵の声がひびいた。

「どうしてもというなら、俺の前に五百両積んでみな。いや千両だ」

奇妙な叫び声が市兵衛の喉を洩れた。市兵衛は拳《こぶし》を固めて滝蔵に殴りかかったが、たちまち腕を弾《は》ね上げられ、腰に乗せられると、一回転して犬ころのように地に落ちた。起き上がる間もなく、滝蔵の足蹴りが襲ってきた。

市兵衛の姿が、竪川《たてかわ》に架かる四ノ橋北の、北松代町裏町に現われたのは、それから一刻《いっとき》ほど後だった。

裏町を二つに分ける路地があり、突き当りを永井飛騨守《ひだのかみ》下屋敷の塀が塞《ふさ》いでいる。暗い路地をすすみ、塀下に貼《は》りついているような一軒の、傾いた戸を市兵衛は押した。

「大納言《だいなごん》、いるか」

暗い手燭《てしよく》の光の下で、背を丸めて鞴《ふいご》を使っていた、幅広い背中が振り向いた。

「俺の昔の名を呼ぶのは誰でい？」

男はのっそり立ち上がってきた。髭《ひげ》に顔が埋まっている。眼ばかり光って市兵衛を覗《のぞ》いた。男の身体からも、狭く乱雑な土間からも、酸《す》いような金属の匂いが立ちのぼっている。

やがて、太い溜息が男の口から洩れた。

「おめえは市助か。ずいぶん久しぶりだ。それにしても、その恰好《かっこう》はどうした？」

「痛めつけてもらいたい男がいる。あんた、まだ出来るかね」

六

大納言の吉は、十日目の夜約束どおり碓氷屋の潜り戸を叩いた。その音を聞くと、市兵衛はすばやく茶の間から店に出、土間に降りて潜り戸を開けた。肩幅の広い黒い人影が外に立っていた。

「中に入らないか。皆寝てしまって、わたし一人だ」

「いや」

吉は拒《こば》む身ぶりをした。それから太い吐息を鼻から洩らして言った。

「まずいことになった」

「どうしたね。うまくいかなかったかい」

「野郎を刺してしまった」

市兵衛は息を呑《の》んだ。月が昇ったらしく、夜空に光の気配があったが、前の家の欅《けやき》の大樹に遮《さえぎ》られて、吉の表情は見えない。

「死んだか」

「うむ」

「どうしてそんなことになったのだ。わたしは殺してくれとは頼んでいない」

「手違いだから、仕方がねえよ」

と吉は言った。

吉は今夜、滝蔵をうまく大川端の石置場に誘いこんだ。吉は、市兵衛に言われたように、おぬいから手を引くように恫《おど》し、滝蔵がせせら笑ったので殴りつけた。腕一本ぐらいは折る肚でいたのである。

ところが、滝蔵は懐から匕首《あいくち》を出したのである。吉は「やめろ」と言った。その声を、滝蔵は吉がひるんだと受け取ったらしかった。片手で匕首を構え、片手を上に向けて、指で「来いよ」という手ぶりをした。

「馬鹿だ、あの男は」

と、市兵衛は言った。

「とんだ馬鹿だ」

と吉も当り前のように言った。

背中に衣冠束帯《いかんそくたい》の公卿《くげ》を彫り込んでいるこの男は、その彫物のために大納言と呼ばれていたが、狂暴な博奕打ちだった。賭場に出入りした頃、市兵衛は、吉が野州徳と呼ばれた親分の言いつけで、何人もの人を消したという噂を聞いていた。十年ほど前、市兵衛は一度吉を頼んで商売敵《がたき》を恫したことがある。

滝蔵は、片掌で吉を招いたとき、死を招いたことに気づかなかったのである。

「誰かに見られていないか」

「そんなへまはしねえ」

と吉は言ったが、一寸《ちよつと》首をひねってから言った。

「だが用心のために、俺は江戸を出る。もう二十両ほど金をつごうしてくれねえか」

「わかった」

と市兵衛は言った。

吉の姿が暗がりに消えたあとも、市兵衛は茫然と店の外に佇《た》ち続けた。思いがけない成行きになった驚きが、まだ胸を轟《とどろ》かせている。やがて恐れがゆっくりと心を占めてくるのを感じた。滝蔵がいなくなった喜びは無かった。

だが十日たち、二十日たったが、滝蔵が死んだことも、吉が捕まった噂も聞こえて来なかった。一人のやくざ者が死に、一人の人殺しが江戸を離れて、事件は終ったようだった。

市兵衛が門前仲町の山本に行ったのは、八月も半ば過ぎのある夜だった。おぬいを呼んで、酒を飲んだ。

――ずいぶん回り道をした。

おぬいを眺めながらそう思った。こんなことなら、手代の吉蔵にでもおぬいを呉れてやればよかった、とふと思ったのである。吉蔵がおぬいを好いていることは、そぶりで解っていた。だが話をまとめるには、市兵衛の気持ちにわだかまりがあった。自分もおぬいが気に入っていたからだ、と市兵衛は思う。

――俺にも罪がある。

市兵衛は、おぬいの盃に酒を注ぎながら思った。明日にも、福田屋に身請けの話を持って行くつもりだった。だが、この女にしあわせがあるだろうか。

「あのひと、殺されたんですってね」

不意におぬいが言った。おぬいはさくら色の頰をして、とろんとした眼で市兵衛をみている。市兵衛はぎょっとした。

「誰のことだ？」

「あのひとよ。滝蔵というやくざ者」

「そんなことを誰に聞いた？」

「岡っ引が来たの。伊作とかいうひと。いろいろと訊《き》かれて、いやになっちまった」

一瞬血が凍った。おぬいは、俺が滝蔵と手を切らせたがっていたことを喋《しゃべ》ったろうか。

「それで、あんたは何を話したのだね」

「なんにも」

おぬいは眼をつぶり、気だるげに首を振った。

「だって、あたしあのひとのこと、よく知らないもの。知ってるのは、いい男だったことぐらい」

おぬいは仰向いて、しまりのない笑い声をひびかせた。

「喧嘩して殺されたらしいわ。ばかね」

「それは可哀そうなことをした」

「でも伊作というひと、殺したのが誰か心あたりがあるような口振りだった」

「……」

「昔の手口と似てるとか言ってさ。その男の行方を追ってるらしいわ。ごくろうな話ね」

再び不安が市兵衛をつかまえていた。伊作という岡っ引には、芳太郎が死んだとき二、三度会っている。年輩は五十前に見えた。あの年輩で、大納言の吉を知っているのだろうか。

「もう、そんな血なまぐさい話はやめなさい」

市兵衛は言うと、脱いで置いた羽織を引きよせた。

「それでは、わたしは帰る」

「あら」

「あんたのことは、明日にでも福田屋に話してやる。後のことはゆっくり相談するが、足を抜いたら今度は身を固めることだな。あんた、店の吉蔵は嫌いか」

「泊っていかないんですか」

おぬいは、市兵衛の言うことを聞いていなかったように言った。

「泊る？　あんたとか」

「ええ」

「ばかなことを言いなさい」

「だって、あたしを抱きたいんでしょ？」

市兵衛は沈黙した。おぬいの眼はきらきら光り、唇には淫らな笑いが浮かんでいる。

「ずっと前から、そう思っていたんでしょ」

「……」

「遠慮することはないわ。あたしはもう碓氷屋の嫁でも何でもない。金で買われるただの女なんだから」

「……」

「買ってくれる男があれば、喜んで寝る女なんだから。ほんと、男が好きなんだから、あたい。男に抱かれないと眠れやしないの」

おしまいの方を呟くようにいうと、おぬいは立ち上がってよろめいた。酔っている足どりでおぬいは隣部屋との境に行くと、襖を開けた。行燈の光が流れて、そこに敷いてある夜具を照らした。

「いらっしゃいな」

おぬいは囁いて、立ったまま帯を解いて下に落とした。

「やめろ」

市兵衛は呻《うめ》くように言った。だが、おぬいは続いて腰紐を落としていた。前が割れて、形のよい乳房と紅い二布《ふたの》が露《あら》わになった。おぬいは誘うような妖《あや》しい笑いを浮かべ、市兵衛をみている。

恐ろしいものを見るように、市兵衛はおぬいをみた。立っているのは、おぬいではなく別の女のようだった。市兵衛の額から汗が滴り落ちた。かすれた声で市兵衛は言った。

「着物を着なさい。わたしはあんたの裸など見たくはない」

「あら、どうして？」

「……………」

「昔から可愛がってくれたじゃないの。あのひともそう言ったもの」

「誰のことだ？」

「芳太郎」

おぬいは薄笑いを浮かべた。

「あのひとは、あんたがあたしを可愛がり過ぎるといって妬《や》いていた。酒を飲むようになったのはそれからだわ。ほんとに意気地なし」

　市兵衛は立ち上がっていた。挑むように前に立ち塞がったおぬいを突きのけて、市兵衛は部屋を出た。背後に、口汚く罵《ののし》る声を聞きながら、市兵衛は逃げるように足を早めていた。

「あれは、おぬいじゃない」

　市兵衛は呟いた。会ってきた女とは別のもう一人のおぬいが、遠い場所にいるような気がした。眼は黒々と澄んで、小さい唇をし、はにかむように笑っている。だが、そんなことがあるわけもなかった。紅い唇に、淫らな笑いを浮かべ、白い胸を露わにして誘いかけた、あの女がおぬいなのだ。

　長い間、一人の女に対して潮がうねるように流れ向うものに翻弄《ほんろう》されてきたと思った。いま潮はうねりをおさめて、冷たい月に照らされている。その上を渡る風の声が聞こえた。人生のたそがれ刻《どき》に訪れた、最後の人恋いが終った音だった。

　——おぬいはどこに行ったのだろうか。

　寂寥に耐えかねて、市兵衛は立ち止まり、もう一度おぬいの姿を脳裏に描こうとした。立ち止まった市兵衛を迎えるように、ゆっくり立ち上がった人影があった。そこは新石町の店の前だった。

　南の空に傾いた月の光で、男が伊作という岡っ引だと解った。

「お待ちしていましたよ、旦那」

と、伊作は柔らかい口調で言った。

「何か？」

「大納言の吉という男を捕えたのですが、この男が妙なことを言っておりましてな」

「……」

「嫌疑は滝蔵殺しですが、旦那に頼まれてやったと、途方《とほう》もないことを言うもんで。ご足労ですが、大番屋までご一緒して頂けませんか」

言葉は柔らかいが、言いながら伊作は懐から十手《じって》を取り出していた。

市兵衛はじっと伊作の顔をみた。それから軽くうなずくと、先に立って歩き出した。濃い影が二つ、碓氷屋の大戸に映ったが、すぐに地面に滑り落ちて、影は長くなった。長い影をひきずるようにして、二人の男は深夜の町を遠ざかって行った。

解説

あさのあつこ

小説というものは幾通りもの楽しみ方があって、それは読み手個々の年齢とか資質とか精神的かつ肉体的状況とかで大きく異なったりもするのだが、例え一冊でも、「ああ今、これを読んでいる今が最高に楽しい」と心底思える本に出会えた本読み人は幸せだ。脂ののったでっかい鮭を一週間ぶりに捕らえた熊のように、数年来の片恋を一か八かで告白したら、「いいよ」と思いもかけず成就した内気な少女のように幸せである。至福を手にしたと言えるかもしれない。

本と人との出会いは恋そのもののようであり、何気ない日々の営みのようでもある。運命のようで、偶然のようで、些細《ささい》なようで、人生を変えてしまう何かがある。

不可思議なものだ。一人の人間と一冊の本の間には、神か、それとも悪鬼かの手が介在した。そうとしか思えない一瞬がある。

わたしが藤沢周平の作品と出会ったのは、三十代の前半、三人の子どもたちに振り回される日々の中で、だった。

別に子どもたちに問題があったわけではない（いや、問題がなかったかというと、微妙にあったような気もするが、母としては……）けれど、三人いればかなりのエネルギーで、母親を振り回すには充分以上のものだった。それはそれで、楽しくもあり、実る思いもあったのだけれどやはり消耗し、疲弊もする。

三十代前半、もうそう若くもなく、現実との折り合いを上手につけるコツをみつけ、上手く折り合っていいのかと煩悶《はんもん》する年頃だった。このままで、いいのだろうか。このままで充分じゃない、これ以上何を望む？　いや、何を望める？　焦燥と諦念《ていねん》と苛立《いらだ》ちが綯《な》い交ぜになって、心を揺する。

そんなとき、出会ったのだ。藤沢周平の世界に。わたしは、時代小説の律儀な読み手ではない。どちらかというとミステリーや外国の児童書が好きで、どうしてもそちらに手が伸びてしまう癖がある。藤沢周平という作家の名前はむろん知ってはいたが、知っていたに過ぎず、読みたいと望んだことなどついぞなかった。たまたま、短篇集ということもあってなにげなく手に取ったのだ。慢性疲労の身にあっては、長いものはちときつい。時間つぶしに、ぱらぱらめくれるのなら……と、ページをめくったのだ。

憑《つ》かれてしまった。大げさでなく魔性のものに魅入られたと感じた。容赦なく言葉が、場面が、人物が沁みて来る。ほんとうに容赦なかった。沁みて来るとは、よく使われる表現だが、正真正銘、心に沁みて来ると痛い。自分の心の罅割れ具合が自覚できるほど痛い。こんなふうに甘美な快感を伴う苦痛を久々に味わった。

それから、貪《むさぼ》るように藤沢周平を読み漁《あさ》った。文庫が数多く出ていることがありがたかった。そうでなければ、月々の本代に我が家の家計はあっけなく破綻していたかもしれない。

藤沢さんの作品が好きだ。とくに、市井《しせい》もの、とくに短篇が好きだ。好きでたまらない。こんなに愛しいものがこの世にあるのかと、思う。心底、思う。思うというより感じてしまう。短い作品一つ、一つの中に紛れもなく、人間の生がある。暮らしがあり、生き方があり、心意気があり、希望と絶望がある。この凝縮の見事さ、美しさはどうだろう。愛しいとしか言えないではないか。

この『暁のひかり』には表題作を含めて六篇が収録されている。つまり六つの人生があるのだ。人生が描かれているのではなく、人の生と日々がちゃんと生きて鼓動を打っている。読み手は、だから六つの人の生と日々に触れることができる。時空を超えて触れることができる。本読みにとって、まさに至福を約束してくれる一冊だ。

「暁のひかり」の市蔵は元鏡師。元というのは身を持ち崩して、今は賭場の壺振りとなっているからだ。その市蔵が朝方、賭場からの帰り一人の少女に出会う。

その娘を見かけたのは、七月の初めだった。

江戸の町の屋根や壁が、夜の暗さから解き放されて、それぞれが自分の形と色を取り戻す頃、市蔵は多田薬師裏にある窖《あなぐら》のような賭場を出て、ゆっくり路を歩き出す。

お江戸の夏、早朝の場面からこの物語は始まり、

市蔵は答えずに、いまきた河岸の道を眺めた。自身番の前で、さっきの年寄がこちらを向いてじっと立っているのが見えた。赤味を帯びた暁の光が、ゆっくり町を染め、自分を包みはじめているのを市蔵は感じた。

一年後の七月、まだ明けやらぬ町の光景で終わる。その一年の間に一人の博徒の知った仄《ほの》かな希望と深い絶望が、淡々と少しの過剰さもないままわたしたち読み手の前に広げられていく。さあ見ろ、さあ読めと強いるものは何もない。静かに、静かに、絵巻物がそれを取り扱うに熟知した専門家の手でそっと広げられていくように、広げられていく。

——これだから、世の中は信用がならねえ。
不意に市蔵はそう思った。衝き上げてきたのは憤怒だった。これだから、世の中なんてものはこれっぽちも信用出来ねえのだ。

少女おことの死を知った直後の市蔵の独白と憤怒は生々しい波動となって、こちらの胸にせまってくる。

「馬五郎焼身」の馬五郎の娘を失ったが故の荒《すさ》み、「おふく」の造酒蔵《みきぞう》のおふくに対する恋慕(この物語の最後の場面のなんともやりきれない美しさは秀逸。秋の日暮れの光と赤児に乳を含ませる女の肌の白さがあんまり美しくて、頭がくらくらした。そして男の切なさにさらにくらくらして、そのまま寝込みたかった。布団に寝込んで、ただこの美しさだけを抱いていたいと思った。現実は厳しくて、そうもいかなかったけれど)、「穴熊」の浅次郎の放心と妻を斬り殺さねばならなかった伊織と殺されねばならなかった佐江の運命、「冬の潮」の市兵衛の転落……全て、全て、胸にせまってくる。

人というのはこんなにも、愚かで、脆《もろ》くて、哀しいものなのか。こんなにもしたたかで、温かくて、優しいものなのか。

人間という生き物の奥の奥にある正体を知りたくなる。藤沢周平の作品には、その正体を明かす鍵が幾つも隠されていて、読むたびに一つ一つ拾い集めている気がするのだ。

おもしろい。

人間というものは、物語というものは、本というものは、とてつもなくおもしろいものだ。

三十代のわたしは震えながら思った。同時に、書きたいと思った。書きたい、わたしも物語を書いてみたい。藤沢周平のような、などと大それた欲望は抱かない。仰ぎ見るだけでいい。遥かいただきを仰ぎ見ながら、それでも一歩を踏み出したい。遠い昔、物書きになりたいと心根から願っていた自分を思い出す。泣けるほどに思い出す。藤沢周平の作品を胸に抱いて、わたしはわたしの物語を書いてみたいのだ。諦めてはいけない。捨ててはいけない。いただきは遥か遠く、雲のかなたに霞《かす》んではいるけれど、一歩、踏み出すことはできるはずだ。

——これだから、世の中は信用がならねえ。

市蔵は呟《つぶや》いたけれど、たしかに信用がならないものだ。落し穴も罠もあちこちに仕掛けられている。しかし、また、路もあるのだ。自分の歩くべき路を教えてくれる出会いがあるのだ。

「しぶとい連中」の熊蔵がみさ母子に出会ったように、思いもかけない出会いと運命の急転がある（この一篇、哀調を帯びた他の作品とはやや色調が異なる。渋いユーモアとそれゆえの和みが漂い、とても気持ちがよい。最後、母と子の会話を聞きながら「ことりと眠りに落ちた。」熊蔵の穏やかな寝息が聞こえるようだ）。

わたしは、藤沢周平の作品に背中を押してもらった。まだ、登山道の入り口付近にも到達していないけれど、それでも前に進んでいる。出会えてよかったとつくづく思う。そして、できれば、一人でも多くの若い人たちに、「暁のひかり」を始めとする作品群に出会ってほしいと祈る。

人はおもしろい。

そのことを知ってほしいと祈る。

世の中は信用がならねえ。

人の世は悲哀に満ちている。それでもおもしろいのだ。生き抜く価値はあるのだ。

ほら、手を伸ばしてその悲哀におもしろさに触れてごらん。

本当の意味で一人前の大人たちがいつの間にか、この国から消えてしまった。似《え》非《せ》大人はいても、若い魂を揺さぶり、山のいただきになれる大人はどこにいったのだろう。説教でなく、訓示ではなく、命令ではなく、そういうものと対極にある言葉、本物の大人がぼそりぼそりと語る真実の言葉を子どもたちは、もう聞くことができないのだろうか。だとしたら、読んでほしい。耳をそばだててほしい。絶望して命を絶つ前に、ぜひ……。

藤沢周平という作家は、若いあなたたちに今でもまだ、ぼそりぼそりと「生きること」を語っているのだから。

（作家）

この本は昭和61年3月に刊行された文春文庫の新装版です。
単行本は昭和54年11月光風社出版より刊行されました。

文春文庫

暁《あかつき》のひかり

定価はカバーに
表示してあります

2007年2月10日　新装版第1刷
2021年4月15日　第15刷

著　者　藤《ふじ》沢《さわ》周《しゆう》平《へい》

発行者　花田朋子
発行所　株式会社 文藝春秋

東京都千代田区紀尾井町3-23　〒102-8008
TEL　03・3265・1211㈹
文藝春秋ホームページ　http://www.bunshun.co.jp

落丁、乱丁本は、お手数ですが小社製作部宛お送り下さい。送料小社負担でお取替致します。

印刷・凸版印刷　製本・加藤製本

Printed in Japan
ISBN978-4-16-719241-9

（　）内は解説者。品切の節はご容赦下さい。

藤沢周平
漆《うるし》の実のみのる国（上下）
貧窮のどん底にあえぐ米沢藩。鷹山は自ら一汁一菜をもちい、藩政改革に心血をそそぐ。無私に殉じた人々の類なくうつくしいこの物語は、作者が最後の命をもやした名篇。（関川夏央）
ふ-1-32

藤沢周平
日暮れ竹河岸
作者秘愛の浮世絵から発想を得てつむぎだされた短篇名品集。市井のひとびとの、陰翳ゆたかな人生絵図を掌の小品に仕上げた極上品、全十九篇を収録。生前最後の作品集。（杉本章子）
ふ-1-34

藤沢周平
早春　その他
初老の勤め人の孤独と寂寥を描いた唯一の現代小説「早春」。加えて時代小説の名品二篇に、随想・エッセイを四篇収める。作家晩年の心境をうつしだす静謐にして透明な文章！（桶谷秀昭）
ふ-1-35

藤沢周平
よろずや平四郎活人剣（上下）
喧嘩、口論、探し物その他、よろず仲裁つかまつり候。旗本の家を出奔し、裏店にすみついた神名平四郎の風がわりな商売。長屋暮しの哀歓あふれる人生をえがく剣客小説。（村上博基）
ふ-1-36

藤沢周平
隠し剣孤影抄
剣客小説に新境地を開いた名品集〝隠し剣〟シリーズ。剣鬼と化し破牢した夫のため捨て身の行動に出る人妻、これに翻弄される男を描く「隠し剣鬼ノ爪」など八篇を収める。（阿部達二）
ふ-1-38

藤沢周平
隠し剣秋風抄
ロングセラー〝隠し剣〟シリーズ第二弾。凶々しいばかりに研ぎ澄まされた剣技と人としての弱さをあわせ持つ主人公たち。粋な筆致の中に深い余韻を残す九篇。剣客小説の金字塔。
ふ-1-39

藤沢周平
又蔵の火
〈負のロマン〉と賛された初期の名品集。叔父と甥の凄絶な果たし合いの描写の迫力が語り継がれる表題作のほか、「帰郷」「賽子《さいころ》無宿」「割れた月」「恐喝」の全五篇を収める。（常盤新平）
ふ-1-40

鶴岡市立 藤沢周平記念館 のご案内

藤沢周平のふるさと、鶴岡・庄内。
その豊かな自然と歴史ある文化にふれ、作品を深く味わう拠点です。
数多くの作品を執筆した自宅書斎の再現、愛用品や自筆原稿、
創作資料を展示し、藤沢周平の作品世界と生涯を紹介します。

利用案内

所在地　〒997-0035 山形県鶴岡市馬場町4番6号（鶴岡公園内）
TEL/FAX　0235 - 29 - 1880/0235 - 29 - 2997
入館時間　午前9時～午後4時30分（受付終了時間）
休館日　水曜日（休日の場合は翌日以降の平日）
年末年始（12月29日から翌年の1月3日まで）
※平成25年4月より、休館日を月曜日から水曜日に変更しました。
※臨時に休館する場合もあります。
入館料　大人320円［250円］高校生・大学生200円［160円］
※中学生以下無料。［ ］内は20名以上の団体料金。
年間入館券1,000円（1年間有効、本人及び同伴者1名まで）

交通案内

・JR鶴岡駅からバス約10分、「市役所前」下車、徒歩3分
・庄内空港から車で約25分
・山形自動車道鶴岡I.C.から車で約10分

車でお越しの際は鶴岡公園周辺の公設駐車場をご利用ください。（右図「P」無料）

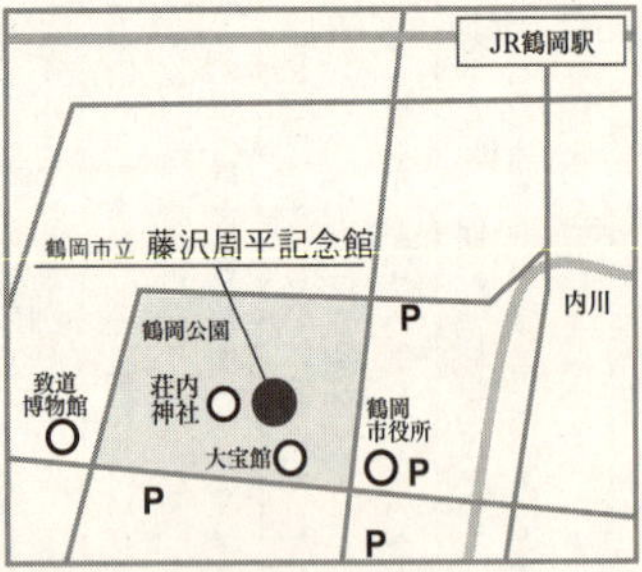

── 皆様のご来館を心よりお待ちしております ──

鶴岡市立 藤沢周平記念館

http://www.city.tsuruoka.yamagata.jp/fujisawa_shuhei_memorial_museum/